내 안의 타락천사

REPOSSESSED by A. M. Jenkins
Text copyright © 2007 by A. M. Jenkins
All rights reserved.
This Korean edition was published by Booknbean Publisher in 2009 by arrangement with HarperCollins Children's Books, a division of HarperCollins Publishers through KCC(Korea Copyright Center Inc.), Seoul.

이 책은 (주)한국저작권센터(KCC)를 통한 저작권자와의 독점계약으로
책과콩나무에서 출간되었습니다. 저작권법에 의해 한국 내에서 보호를 받는 저작물이므로
무단전재와 복제를 금합니다.

내 안의 타락천사

A. M. 젠킨스 지음 · 천미나 옮김

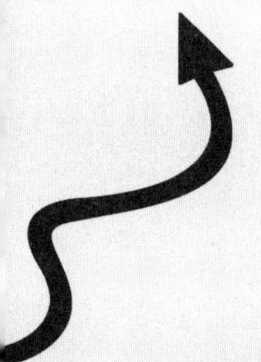

책과콩나무

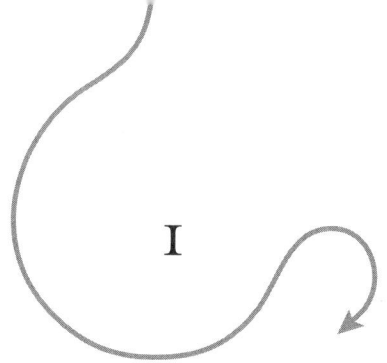

I

 가장 먼저 육체를 훔쳤다. 내가 직접 만들 수도 있었지만 그럴 만한 예술적인 기분이 아니었다.
 그저 지겨울 따름이었다. 한낱 거대한 기계 속 톱니바퀴로 사는 게 지겹고 무의미한데다 품위나 깎아먹는 내 일이 지긋지긋했다. 나 아니면 안 되는 그런 일이 아니라 아무나 할 수 있는 일, 지옥의 망령들 괴롭히기. 말 그대로다. 허풍이 아니다. 음울하기 그지없는 일이다. 도저히 말로는 표현하기 힘들 정도다.
 보스*한테는 물론 그 누구에게도 떠난다는 사실을 알리지 않

---

*기독교에서는 타락천사의 우두머리를 '사탄'이라고 한다. 사탄은 원래 '루시퍼'라는 이름의 대천사였는데 반란을 꾀해 추방되어 타락천사가 되었다. 일설에 따르면 이때 루시퍼뿐만이 아니라 그를 따르는 반역천사 군대도 함께 추방되었다고 한다.

았다. 그래, 지옥은 내가 없어도 잘 돌아갈 거야.

말이 나왔으니 하는 얘기지만, 절대자인 창조주는 지옥 같은 데는 신경 끄고 사신다. 드르륵 태엽을 감아 시간을 맞춰 놓고는 시계가 째깍거리게 내버려 둘 뿐이다.

사실 내 불만의 대상은 보스가 아니라 창조주다. 보스는 그저 자신의 임무를 완수하기 위해 우리와 똑같이 맡은 일을 할 뿐이다. 모든 규칙은 창조주가 만들었다. 그래 놓고 단 한 번도 확인조차 하지 않는다. 지옥의 졸개들이 과로로 힘들어하는지, 지겨워하는지 관심은커녕 상관조차 하지 않는다. 나는 구원씩이나 기대할 만큼 바보가 아니다. 다만 이 지겨운 노고를 아주 조금이라도 알아준다면, 아니면 내 미약한 존재만이라도 알아준다면 훨씬 견딜 만했을 텐데. 서서히 사라져 가는 희망을 안고 수천 년에 수천 년을 묵묵히 일했다.

너무나 견디기 힘들었다. 나 같은 존재에게도(아니, 나 같은 존재에게는 특히나) 인내의 한계가 있다.

그렇다. 육체를 고르는 작업이 가장 어려웠다. 간단하게 끝내고 싶었다. 작은 것부터. 곧 죽을 생명으로 슬쩍 들어간다. 모든 시냅시스*가 제대로 작동하는 육체. 배고픔 같은 이승의 골칫거리로부터 자유로우며 육체적인 존재감을 시험해 보기에 안전한

---

*Synapses, 신경 세포의 자극 전달부. 감각신경과 운동신경이 연락되는 부분

공간. 직업이나 부양할 가족이 없어 책임질 일이 없으며, 내가 경험하고 싶은 여러 가지 일들을 경험할 시간이 있는 사람. 하지만 지나친 간섭은 금물. 매 초 감시당하지 않는 사람. 자유롭게 시간을 보낼 수 있으면서도 매일 밤 찾아갈 안전한 집이 있는 사람.

이 모든 조건이 빠짐없이 충족되어야 하기에, 미국 교외에 거주하는 중산층 가정의 십 대 청소년으로 대상을 좁혔다. 얼마 동안 주변을 살펴 서너 명의 후보를 점찍었고, 그 중에서 적당한 후보가 나타날 때를 기다렸다.

실제로 '몸 낚아채기'는 그가 주차된 승합차 뒤에서 찻길로 막 발을 내디뎌 맹렬하게 달려오는 레미콘 트럭에 당하기 약 1초 전에 일어났다. 내가 선정한 후보들은 하나같이 다 게으름뱅이인지라 당연히 상황 파악이 빠를 리가 있나. 그 또한 마찬가지였다. 그는 친구와 이야기를 하다가 앞을 보지도 않고 찻길로 내려섰다. 아니면 막 내려서려고 했거나. 그가 자기 인생에서 최후의 2초를 잃어버렸다는 사실이 뭐 그리 중요한 건 아니니까. 보나마나 결과는 뻔하다. 물론 '자유 의지'라는 것도 있고, 무엇이 됐든 그의 죽음에 개입할 여지가 전혀 없다고 할 수는 없지만(때마침 쥐가 튀어나오는 바람에 찻길로 발을 내딛기 직전에 멈춘다든지, 아니면 새 한 마리가 날다가 갑자기 공중에서 병이 나서 그의 머리 위로 툭 떨어져 그를 기절시켜 버린다든지) 분명한 건, 이승에는 물리학의 법칙이라는 게 있는데다가 천 년이 백만 번을 흘러도 피할 수 없는 운명이 있다는 말이다.

우리 같은 존재들 사이에서도 몸 낚아채기는 꽤나 드문 일이기는 하다. 엄밀히 말하자면, 내가 몇 가지 규칙을 어기기는 했지만 그래서 뭘 어쩔 건데? 지옥에라도 보낼 거야 뭐야, 하하하!

아무튼 그는 발을 앞으로 뻗었고, 내가 휙 낚아챘다. 그 결과, 나는 지금 도로와 인도의 경계석 위에 서 있고, 그는 저승으로 통하는 빛의 터널*로 나아갔다.

순식간에 나는 그가 잠깐 쓰다 만 육체 속으로 들어왔다. 꽉 끼는 좁은 관에 나를 쏟아붓기라도 한 듯, 영화 속 빠른 화면처럼 한순간에 내가 채워졌다. 경계라는 것, 그리고 갑작스레 압박하는 느낌이 생소할 뿐더러 호흡을 해야 한다는 사실, 시작과 끝이 있다는 게 전혀 익숙지 않아서 이 모든 것들이 나로서는 뭐랄까…… 엄청난 공포나 다름없었다.

하지만 이내 모든 게 물밀듯이 밀려들어와 나는 거대한 감각의 바다를 헤엄치고 있었다. 미처 예상하지 못했던 일이라 나는 혼란 속으로 빠져들었다. 그냥 부드럽고 자연스럽게 육체를 이어받을 거라고만 생각했는데(인간이란 다들 조금 둔하다는 생각에, 까짓 인간이 되는 일 정도야 식은 죽 먹기지 하며 얕잡아 보면서) 별안간 내가 보고, 듣고, 느낄 수 있게 된 거다. 아름다웠다.

---

*죽음과 함께 영혼이 몸에서 빠져나와 터널같이 어두운 길을 통과하면 그 끝에 환한 빛이 보인다는 임사체험자들의 말에 따라 '빛의 터널(Tunnel of light)'이라는 말이 생겨났다.

진짜 모든 게 아름다웠다.

"숀, 괜찮냐?"

숀과 가장 친한 친구인 베일리가 물었다. 숀의 눈으로 그를 보다니, 참으로 기분이 묘했다.

나는 항상 영혼으로만 존재했다. 단지 육체적 감각이 없었을 뿐 내가 있고자 하는 곳엔 어디든 존재했다. 하지만 이렇게 정확히 한 지점에 머물러 있는 건 난생처음이다. 예전에는 마음만 먹으면 이승의 어느 누가 무엇을 하고 있는지 빠짐없이 알 수 있었다. 눈으로 보거나 귀로 들은 건 아니었지만 알고는 있었다는 얘기다. 동시에 무수한 장소에 존재할 수 있는 능력을 지닌, 일종의 형태 없는 구름이랄까.

그렇지만 지금은 인간의 육체 안에서 구체성의 바다로 빠져들고 있다. 하나하나가 새롭고 뚜렷하며 분명하다. 어찌나 놀랍고 당황스럽던지 내 눈앞에는 정확히 한 사람, 베일리뿐이었지만 그의 얼굴 표정과 몸짓이 무엇을 뜻하는지 희미하고 모호했다. 지금 이 순간 베일리가 느끼는 감정이 뭘까? 인간들의 언어로 내가 어떻게 말을 했는지 열심히 기억을 더듬어야만 했다.

인간의 몸 안에 있으려면 여러모로 제한이 많을 듯싶다.

"괜찮아."

음성이 목구멍을 타고 파도처럼 흘러나오는 걸 느끼며 내가 대답했다. 어찌나 짜릿하던지 한 번 더 "괜찮아." 하고 되풀이해

보았다. 그런 뒤에 밝고 푸른빛이 감돌며, 한편으로는 잿빛을 띤 베일리의 홍채를 바라보았다. 색깔, 얼마나 대단한 발상인가! 그 얼마나 보기에 훌륭하고 위대한 창조인가! 그 점에 있어서는 창조주에게 경의를 표해야겠다.

어쩌면 그래서 그분이 지옥에 관심을 끄고 사는 건지도 모른다. 이승이 이토록 복잡하고도 풍부한 존재인지 미처 몰랐다. 매일같이 이곳을 살피느라 바쁘시던지, 그도 아니면 이 모든 것들을 완성하느라 지쳐 아직도 위에서 쉬고 계신지도 모르지.

이제 아까보다 더 세세한 것들이 파악되기 시작한다. 크고 작은 소음이 들려왔고, 태양의 온기가 느껴졌다. 태양이야말로 완벽 그 자체다! 소름끼치도록 아름다운 대발명품! 다시 한 번 더 경의를! 그리고 보이지는 않지만 살랑거리는 산들바람을 느끼며 주변의 움직임을 하나하나 살피다 보니, 이렇게 한가하게 구경만 하고 있을 때가 아니라 원래 손이 하던 대로 하루를 이어 나가야 한다는 사실을 깨달았다. 우선 손의 집으로 되돌아가야만 한다. 잠시나마 조용한 시간을 보낼 수 있도록. 이 육체에, 이 공간과 이 존재에 익숙해질 수 있도록.

아무도 볼 수 없는 곳으로 가서 목구멍과 혀로 여러 가지 다른 소리도 내 보고, 손가락으로 물건도 집어 보고, 발바닥과 성기도 들여다보고 싶다.

"너, 정말 괜찮나?"

베일리가 눈을 가늘게 뜨고 살짝 이마를 찡그리면서 재차 물었다. 늘 그렇듯 둘은 베일리네 집으로 가는 길이었다는 게 생각났지만 나는 숀의 집으로 가야 해서 불현듯 계획을 변경할 만한 변명거리를 제시하는 편이 나을 듯싶었다.

"뭐, 썩 괜찮지는 않네. 배가 좀 아파."

나는 베일리에게 말하며, 상당히 사실적인 언급이라고 생각했다. 인간들은 복통이라는 게 있고 수시로 그러니까.

"집에 가서 좀 누워야겠어."

"같이 가 줄까?"

"아냐, 아냐."

이렇게 말하며, 순간적으로 번뜩이는 재치로 이렇게 덧붙였다.

"분명 부리토*가 문제야."

숀이 점심때 학교 식당에서 부리토를 먹었기 때문이다.

"야, 그러니까 내가 그거 먹지 말라고 했잖아."

"시끄럽고."

내가 유쾌하게 말했다. 숀과 베일리가 서로에게 즐겨 쓰는 말이다. 시끄럽고. 오, 이거 정말 일이 잘 풀리는걸!

"알았어. 좀 괜찮아지면 놀러와."

---

*멕시코 요리의 일종으로, 고기와 치즈를 또띠야(옥수수와 밀가루를 펴서 만든 빵)로 싸서 구운 요리

베일리가 돌아서며 말했다.

"그래."

나는 여전히 유쾌한 말투로 말하며, 반대 방향으로 걷기 시작했다. 아니 걸으려고 애를 썼다. 정확한 각도에 위치해야 하는 무수히 많은 관절과 근육과 힘줄 들이 서로 뒤엉켜 숀의 다리는 흐느적거렸다. 그나마 몸통의 맨 꼭대기에 달린 머리 덕분에 걸어가는 동안 몸을 똑바로 유지시킬 수 있었다.

기우뚱기우뚱, 비틀비틀 걷는 내 자신을 느끼며, 최소한 '호모 에렉투스'라는 이름에 걸맞게 숀의 두 발로 기를 쓰고 걷다 그만 앞으로 휘청하며 넘어질 뻔했다. 거의 반 블록을 걷고 나서야 겨우 리듬을 찾았지만 시도 자체만으로도 즐거웠다. 처음에는 시력이 있다는 게 오히려 방해가 되었다. 사방에서 모든 사물이 눈앞으로 쏟아지듯 다가와서는 아주 다양한 속도로 지나쳐 갔기 때문이다. 마침내 서너 발자국 떨어진 아스팔트에 시선을 고정시킨 다음 오로지 다리의 움직임에만 신경을 집중시켰다. 일단 두 다리를 움직이자, 두 다리가 완벽한 리듬 속에 조화를 이루며 걸을 수 있다는 사실에 경탄을 금치 못했고, 까딱 잘못하면 한덩어리가 되어 주저앉을 거라고 생각했는데 전혀 그렇지 않았다. 마치 태어나면서 걷기 시작한 사람처럼 자연스럽게, 어찌나 매끄럽게 움직이는지 완전히 기적 같았다.

잠시 뒤, 다리의 적절한 움직임과 더불어 두 팔이 번갈아 가며 자연스럽게 조금씩 흔들린다는 사실을 알게 되었다. 어쨌든 그렇게 하니까 균형을 잡기가 더 쉬웠다.

내가 걷고 있다!

나는 마음속으로 생각했다. 창조주여! 당신이 이 세상에 얼마나 근사한 일을 이루었는지 헤아리지 못해 정말 죄송합니다.

당연히 그분은 아무런 대답도 없다.

손의 머리를 오른쪽에서 왼쪽으로 돌리며 나를 둘러싼 모든 것들을 살펴보았다. 그러다 이런 식으로 머리를 빠르게 움직이면 손의 눈이 감지하는 사물들이 흐릿하게 보인다는 사실을 발견했다. 그래서 인도에 멈춰 서서 세상이 어떻게 모습을 잃어버리는지 알아보려고 서너 번 빙글빙글 돌았다. 제자리에 멈췄을 땐 몹시 흥분해서 아직도 돌고 있는 듯한 기분에 사로잡혔고, 하도 많이 돌아서 다시 균형을 잃고 비틀거렸다. 가까스로 똑바로 서서 눈의 초점을 맞추고 보니 원래 가던 길의 반대 방향, 그러니까 베일리 쪽을 향하고 있었다.

베일리는 나를 보고 있지 않았다. 자기 집으로 가는 언덕을 올라가고 있었다.

나는 그의 등을 잠시 바라보았다. 그가 어떻게 걷는지 지켜보았다. 지금까지는 본질적으로 속도나 보폭이 같은데도 도대체 왜 인간들은 걷는 방식이 서로 다른지 전혀 이해가 되지 않았다. 베일리는 호리호리하면서도 무릎에 힘이 없는 그런 종류의 걸음걸

이였다. 이제는 분명하게 이해가 된다.

그렇게 지대한 관심을 가지고 지켜보고 서 있자니, 그제야 숀의 육체를 바라보며 베일리가 느꼈을 감정이 무엇이었는지 알게 되었다.

걱정, 바로 그거였다.

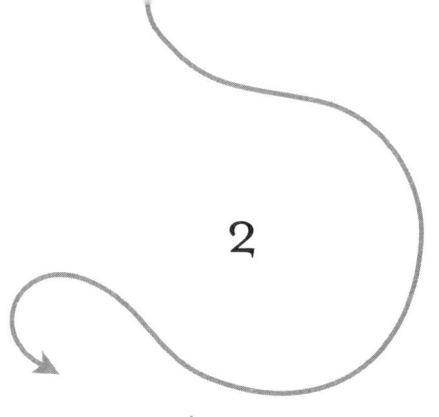

2

나는 '악마'라는 말을 좋아하지 않는다. 그 말은 상당히 부정적인 의미를 내포하고 있다. 끝이 뾰족한 꼬리와 갈라진 발굽을 연상시킨다. 나는 '타락천사'라는 말을 좋아한다. 그게 진정한 우리의 존재다. 창조주의 눈 밖에 나지 않은 천사들과 우리 타락천사들의 차이점이 뭐냐 하면, 타락하지 않은 천사들은 예전이나 지금이나 그리고 앞으로도 한결같이 충성스럽고 착실하며 순종적이다. 한없는 창조주의 완벽함을 경배하고 묵상함으로써 기쁨을 찾는 게 천사들의 천성이듯 말이다. 하지만 우리 타락천사들은 궁금해하고, 질문하고, 대립하고, 결국은 요구하며, 끝없이 한계를 자극해서 그 한계를 넘어서는 경우가 대부분이다.

시간의 광대함 속에서도 창조주는 전지전능한 존재이므로, 당신은 혹시 우리 타락천사들이 단순히 그분의 계획 속에 할당된 우리의 몫을 수행하고 있는 게 아닐까 자문해 볼지도 모른다. 문제는 그거다. 부디 응답을 얻기를. 그분의 생각, 그분의 궁극적인 계획은 수수께끼다. 아마 천사들은 알지도. 걔네들은 이제 우리 같은 하류층과는 어울려 다니지 않기 때문에 그 점에 대해서는 한 번도 확신을 가져 본 적이 없다.

정말이지 천사들은 아무리 좋아하려고 해도 좋아할 수가 없다. 이제는 내 소유가 된 육체를 확인해 보고 싶은 열망에 급히 숀의 집으로 갔다. 집으로 가면서 끝없이 펼쳐진 하늘을 한없이 올려다보았다. 아, 정말 푸르구나! 구름이 움직이네. 그것도 그냥 한쪽으로 가는 게 아니라 우르르 몰려갔다가 떨어지고 구르며, 순간순간 형태가 바뀐다.

숀의 입이 크게 벌어지는 게 느껴져 손을 들어 얼굴을 매만졌다. 손가락에 작고 네모나며 딱딱한 것들이 닿았다.

치아. 나는 미소 짓고 있었다! 미소 역시 근사했다. 이 세상에 존재하는 것들 가운데 참으로 설명하기 애매한 것 중 하나가 감정인데, 감정은 얼굴 근육을 통해 나타난다. 이 얼마나 절묘한 세상인가! 왜 더 빨리 이승에 오지 못했을까!

숀의 집 현관에서 주머니를 뒤져 열쇠를 꺼내 현관문을 열었다.

숀의 부모는 이혼했다. 내가 이 육체를 선택한 이유 가운데 하나도 거기에 있다. 간섭이 덜하니까. 숀의 아버지는 현재 지방에 있다. 함께 사는 어머니는 지금 직장에 있지만 남동생은 학교를 마치고 집에 있을 거다. 숀이 만나는 사람은 이미 다 알고 있기 때문에 당연히 남동생도 잘 알지만 육신의 눈으로 직접 보고 싶은 마음이 간절했다.

제이슨에 대한 숀의 생각에는 재고의 여지가 없었다. 얼마 동안 숀을 아주 가까이에서 지켜보았지만 숀이 동생하면 떠올리는 건 '골칫거리'였고, '성가신 놈'에 대한 짜증이 전부였다. 숀의 동생 역시 숀이 '독불장군'에 '심술쟁이'라며 자주 분노를 드러냈다.

이미 인간의 짜증과 분노에 대해서는 아주 세세하게 잘 알고 있다. 한둘도 아닌 자그마치 수십억에 달하는 나의 '고객들'이 저마다 끝없는 굴레를 지고 있으며, 내 존재의 대부분을 그러한 굴레들 속에 파묻힌 채 보냈다. 그들 대부분은 실제로 한 행동 때문이 아니라 그들이 하지 않았던 행동 때문에 나에게 온다. 죄의식과 후회로 뒤덮인 영혼들과 창조주 사이에는 어떤 종류의 상호작용(당연히 나는 접근할 수 없는)이 존재한다. 그곳에서 그들은 여전히 고뇌하고 번민한다.

그러다 천 년이나 이어진 고통의 시간이 흐른 뒤에 불현듯 한 영혼이 할 만큼 했다, 죄 값을 치를 만큼 치렀다며 마치 탈피하듯 고통의 껍질을 벗고 자유를 얻는 때가 있는데, 그때야말로 나에게 있어서는 유일한 사기충전의 기회다. 아름답고도 잊히지 않는 지극히 드문 사건이다. 황홀한 경험이자, 영원히 지속되는 가혹한 어둠 속에서 얻을 수 있는 티끌만큼 달콤한 순간이다. 하지만 그 멋진 순간에도 쓰라림은 존재한다. 지옥에서는 그 무엇도 순수한 즐거움이 아니다. 해방의 순간에도 슬픔이 존재한다. 죄악은 일단 저지르고 나면 결코 되돌릴 수 없으며, 따라서 죄 값을 치른다는 것 자체가 불가능하다는 사실을 영혼이 깨닫게 되는 것이다.

영혼의 체류 기간이 어떻게 결정되는지는 나도 전혀 아는 바가 없다. 나는 종종 그 점이 궁금했다. 반란 이후, 나에게 어떤 벌이 내려졌는지는 잘 알고 있다. 판결을 내리는 정식 재판이 아니었다. 오히려 존재의 바깥쪽을 둘러싼 막을 벗겨 내고 또 벗겨 내어 전혀 보호받지 못한 채 지독한 괴로움과 고통 속에 발가벗겨져서 자기 평가를 받아야만 하는 존재로 남아 있는 느낌이랄까. 그러한 상태를 거치고 나서야 나의 벌이 무엇인지 알았다. 그 벌에는 절대로 끝이 없다는 사실도 알았다. 말해 준 이는 아무도 없었다. 그냥 알게 되었다.

영혼들도 똑같을까? 그들은 창조주가 부과한 계획된 형을 살아야만 하는 건가? 아니면 자신들이 저질렀거나 게을리했던 죄에 대한 속죄가 언제쯤 끝날지 그냥 스스로 알게 되는 건가?

이유가 무엇이든 그들은 스스로를 빚는다. 나는 단지 지겨볼 뿐 나서서 행동하지 않는다. 내 일은 아무런 쓸모가 없다.

손의 집으로 들어서며, 얼마쯤 지나야 저 위에서 내가 자리를 박차고 나왔다는 사실을 알게 될까 문득 궁금해졌다. 어차피 이승에 있는 동안은 이 귀한 휴가를 한순간도 놓치지 않고 한껏 즐겨 볼 심산이다.

집 안으로 들어와 문을 닫았다. 현관 입구에는 손의 고양이가 현관문 옆 창턱 위에 웅크려 햇볕을 쬐고 있었다. 순간 호기심이 발동했다. 같은 인간보다 애완동물을 사랑하는 사람들이 많은데, 늘 그 까닭이 궁금했다.

지금껏 보아 온 바로는 동물들은 제 주인에게 그다지 애정을 주지 않는다. 그저 먹이를 주니까 받아먹고 만지게 내버려 둘 뿐이다. 나는 늘 그게 완전히 이기적이라고 생각했다. 그런데 지금 관찰해 보니 이 고양이는 아주 부드러워 보였다. 어쩌면 손끝으로 어루만져 주는 걸 좋아할지도 모른다. 아마도 쓰다듬는 일이 주인과 관계를 형성하는 열쇠가 아닐까.

그런데 내가 다가가자, 손의 고양이(이름은 피너츠다.)가 갑자기 풀쩍 뛰어올랐다. 그러더니 으르렁대며 귀를 납작 젖히고는 뒤로 물러섰다. 나는 우뚝 멈춰 섰다. 인간들이 하듯 "나비야, 나비야." 부르며 몸을 살짝 숙여 고양이가 냄새를 맡도록 한 손을 내밀었다.

고양이는 몸을 휙 돌려 달아났다. 그러고는 복도 아래쪽으로 사라져 버렸다.

내가 숀이 아니라는 사실을 눈치챘나?

나는 몸을 일으켰다. 고양이가 어떻게 알아챘는지 나도 잘 모르겠다. 나에게서 특별히 색다른 냄새가 풍기는 것 같지는 않은데. 나중에 다시 한 번 시도해 보지 뭐.

현관 입구를 지나 거실로 들어섰다. 숀의 남동생, 제이슨이 텔레비전 앞 거실 바닥에 앉아서 비디오 게임을 하고 있었다. 실제로 보니 제이슨은 아담한 체격에 상당히 복합적인 존재였다. 매끄러운 머리칼은 언뜻 보기에는 하나가 반짝이는 듯했지만 알고 보니 수백, 수천 개의 머리칼이 필요했다. 몸은 느긋한데 유독 게임 조종기를 쥔 두 손과 손가락들만 예외였다. 톡톡 치고, 밀고, 당기고, 돌리는 작은 손놀림이 마치 경련이 일어난 것처럼 보였다.

숀은 원래 자기 동생에게 반갑게 인사하는 법이 없다. 오히려 대부분 동생의 존재를 무시하는 편이다. 하지만 나는 대화를 하고 싶었다. 폐를 통해 우르릉거리며 나오는 목소리가 주는 느낌이 마음에 들었고, 말을 할 수 있게 만드는 혀와 목구멍과 입술의 움직임에서 생기는 변화를 즐기고 싶었다.

"야, 멍청아."

숀이 늘 자기 동생을 이렇게 불렀기 때문에 나도 똑같이 불렀다.

"닥쳐."

제이슨이 쳐다보지도 않고 말했다. 숀과 베일리가 아무렇지도 않게 악의 없이 주고받는 그런 말이 아니었다. 제이슨은 단 두 음절에 혐오와 분노를 가득 싣고 있었다.

나는 다른 인간과 말을 주고받을 수 있다는 사실이 즐거워 콧노래를 흥얼거리며 숀의 방으로 갔다.

그런데 방문 앞에 선 순간, 지금 상황을 있는 그대로 받아들이기 위해 잠시 멈춰 섰다. 아니, 받아들이려고 애를 썼다는 편이 정확한 표현일까.

숀의 엄마는 숀의 방을 보고 도대체 아무런 체계도 없는 거대한 돼지우리라고 불렀지만 따지고 보면 나름의 체계가 있었다. 옷을 벗어 더러우면 바닥에 두고, 깨끗하면 침대와 의자와 문고리에 걸쳐 둔다. 숀은 침대를 정리하지 않는데, 그의 말에 따르면 어차피 밤이 되면 도로 지저분해지기 때문이란다. 시디 역시 순서가 없어서 아버지가 사 준 시디장보다 방바닥에 나뒹구는 게 더 많다. 하지만 엄밀히 말하면 거의 쌓여 있기는 하다. 숀은 정확하게 여기다 하지는 못해도 대개는 위치를 파악하고 있다. 숀은 쓰레기통이 꽉 찼을 때만 접시를 치우기 때문에 침대 옆 탁자에는 지저분한 접시들이 가득하다. 그러다가 쓰레기통을 비우러 나가면서 접시와 유리잔을 몽땅 모아 주방으로 가져간다.

어쨌거나 숀의 방이 엉망진창이라는 사실은 의심의 여지가 없다. 솔직히 나는 숀의 방을 보고 나서야 엉망진창이라는 게 뭔지 제대로 이해가 되었다. 하나같이 지저분한 통에 색깔과 질감과 모양이 온통 뒤섞여 있는 듯했다. 무척이나 불쾌했다. 엉망진창 때문이 아니라 내가 경험할 만한 무언가를 도저히 골라낼 수 없었기 때문이다.

마침내 몸을 숙여 티셔츠 하나를 집어 들었다. 여러 번 빨아 입느라 셔츠 앞면에 찍힌 글자들이 희미해지다 못해 여기저기 떨어져 나간 흔적이 보였다. 손가락으로 티셔츠를 살짝 잡아당겼다. 멋지다. 부드럽다. 손으로 셔츠를 구겨 뭉친 사이사이마다 그림자가 지는 모습을 지켜보았다. 그러고는 다시 펴서 뺨에 부드럽게 비벼 보았다. 훨씬 더 부드럽다. 감각은 손가락이 더 예민한데, 신경말단이 더 적은 얼굴에서 어떻게 이렇게 다른 느낌이 드는지 흥미로웠다.

입술에는 손가락만큼이나 신경말단이 많다. 나는 두 눈을 감은 채 셔츠를 입술에 대고 문질렀다. 부드러운 감촉은 전혀 없이 거칠거칠한 느낌뿐이다. 콧구멍 속으로 솔솔 올라오는 시큼한 악취를 맡고서야 이 셔츠가 손의 겨드랑이에서 나는 땀 냄새로 진동한다는 사실을 깨달았다.

"지금 뭐해?"

나도 모르게 팔짝 뛰었다. 아기들도 가지고 있는 깜짝 반사다. 깜짝 반사가 얼마나 기분 나쁜지 이제야 알겠다.

고개를 들이 문간에 서 있는 손의 동생을 바라보았다. 제이슨의 눈동자는 연녹색 계열의 아름다운 빛깔을 띠고 있었다. 이 사실을 아는 사람이 과연 얼마나 될까. 제이슨은 눈을 맞추지 않기로 유명하다.

제이슨이 목격한 광경은 숀이 방 한가운데에서 눈을 감고 서서 악취가 진동하는 티셔츠를 입에 대고 천천히 문지르는 모습이었다.

굳이 제이슨의 표정을 보지 않더라도 괴상하기 그지없는 장면이 분명하다.

"신경 꺼."

내가 대답했다. 물론 숀이라면 자기 옷을 입술에 대 보는 짓은 하지도 않겠지만 분명 대꾸는 그렇게 했을 거다. 뒤늦게 생각이 나서 이렇게 덧붙였다.

"멍청아."

그렇지만 적절한 타이밍을 놓쳤다. 제이슨은 "닥쳐."라고 하지 않았다. 꼼짝도 하지 않았다.

"셔츠랑 사귀냐?"

제이슨이 나를 어떻게 생각하든 관심 밖이다. 나는 숀의 혀에 관심이 있다.

혀에는 손가락이나 입술보다 훨씬 더 많은 신경말단이 있다. 나는 셔츠가 혀에 닿았을 때 어떤 느낌일지 궁금했고, 여태껏 경험해 본 느낌과 어떻게 다를지 알고 싶었다.

그러면서도 나는 손이라면 제이슨에게 뭐라고 둘러댈지 신중하게 생각해 보았다. 몇 분이 될지 몇 시간이 될지 모르겠지만 여기 있는 동안은 괜히 튀기 싫었다.

"내 방에서 꺼져."

손이라면 이렇게 말했겠지 싶어 제이슨에게 쏘아붙이며 문으로 다가갔다.

"방에는 들어가지도 않았어."

"그럼 내 문간에서 꺼져."

이렇게 말하고는 제이슨의 면전에서 문을 쾅 닫아 버렸다.

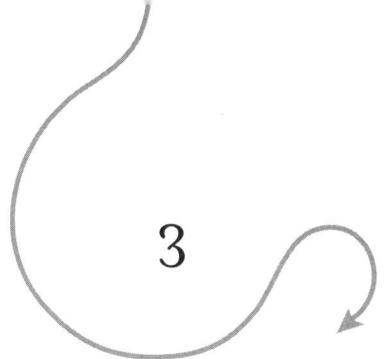

3

인간들을 지옥에 붙잡아 두는 대부분의 죄악은 지극히 당연하고 사소한 것들이다. 예를 들어 질투. 내가 갖지 못한 무언가를 친구가 성취했을 때 마음을 콕콕 쑤시는 질투의 감정을 느끼지 않는 사람이 어디 있겠나.

아니면 게으름. 다른 누군가가 일을 좀 더 많이 하는 동안에 기분 좋게 빈둥댈 수 있는 순간을 거부하는 영혼을 지금껏 고작해야 서너 번이나 봤을까.

하지만 사후에 영혼들이 징징대고 한탄하는 걸 보면 질투와 게으름이 살인에 버금가리만치 대단한 중죄구나 싶다. 왜 그것들을 '7대 죄악'이라고 부를까? 그 까닭을 잘 모르겠다. 게다가 나는 내가 감독하는 그 어떤 영혼에게도 티끌만 한 영향력도 행사

하지 못한다. 그러니 바보 같은 영혼들이 시시하기 그지없는 죄 때문에 몇 평생에 걸쳐 스스로를 고문하는 모습을 지켜볼 뿐이다. 내게는 선택의 여지가 없다.

하지만 이제 나에게도 육체가 있다. 육체적 감각을 통해 몇 가지 죄악을 경험해 보려고 한다. 그러니 우선 그게 뭔지 제대로 알아보자. 질투, 게으름, 교만, 욕심, 분노, 그리고 욕정. 당연히 이밖에도 생각나는 건 다 경험해 봐야지. 물론 작은 것부터 시작해야 한다. 내가 '손 사건'을 일으킨 중요한 목적은 쉬운 것부터 차근차근 시작해 차츰 경험의 폭을 늘려 나가는 데 있고, 덧붙여 당장은 윗분들의 시선을 끌어서는 곤란하기 때문이다.

가장 많이 저지르는 사소한 죄악 가운데 한 가지, 내가 해보고 싶은 게 무엇인지 벌써 머릿속에 훤히 그려져 있다. 너무나도 많고 많은 영혼들이 다양한 형태나 방법으로 얼마나 많이 이 일에 골몰하는지, 그것이 왜 그토록 흥분과 죄책감을 불러일으키는지 나는 늘 궁금하고 또 궁금했다.

내 생각에 '자위'란 지극히 자연스러운 일이다. 원숭이들도 하니까. 그런데 그 많은 인간들에게 그게 왜 그토록 대단한 일일까?

만일 그게 그렇게 끔찍한 거라면 인간들은 왜 그걸 하지 못해 안달일까?

물론 그게 뭔지, 어떤 식으로 이루어지는지 잘 알고 있다. 아직도 숀이 두뇌라고 불리는 것의 소유자라고 한다면 숀의 머리를 어질어질하게 만들 수 있을 정도로 이상야릇한 방법들까지도 무수히 많이 알고 있지만, 그냥 기본적이고 가장 평범한 방법으로 시도해 보고 싶다.

숀은 샤워를 하며 자위를 하는 습관이 있으니 나도 그 방법을 따르기로 했다. 어쨌든, 처음에는.

나는 욕실로 들어가 옷을 벗은 다음 샤워기 물을 틀었다.

그런데 물을 틀기가 무섭게 펄쩍 뛰었다. 숀이 어디에 온도를 맞춰 놓았는지 깜빡 잊고 있었다.

물이 따뜻해지기를 기다리는 동안 거울 속 숀의 얼굴을 관찰했다. 이마와 눈 위로 머리칼이 드리워 있어서 한 손으로 머리칼을 쓸어 올렸다. 연한 갈색에 잿빛이 감도는 숀의 눈동자는 별다른 특징이 없다. 이마에는 어렸을 때 그네에서 떨어져 생긴 상처가 있다. 머리칼로 얼굴을 왜 가리는지 직접 숀의 말을 들어 보지는 못했지만 아마도 이마의 상처 때문이 아닌가 싶다.

오히려 나는 상처가 마음에 들었다. 멋지지 않나, 감정으로 가득했을 어떤 사건의 증거를 간직할 수 있다니! 얼마나 좋은가, 언젠가 경험한 사건의 육체적 징표를 늘 지닐 수 있다는 게!

이번에는 그의 몸을 찬찬히 살폈다. 내가 생각하기엔 너무 말랐다. 아니, 정확히 말하면 너무 말랐다기보다는 비디오 게임이나 하며 빈둥거리지 말고 뭐든 한다면 나한테나 다른 모든 사람들에게 더 매력적으로 보이지 않을까 싶다. 그랬다면 숀 자신도 훨씬 자신감이 충만했을 텐데. 숀은 항상 자신의 체격을 마땅치 않아 했으니까. 특히나 가슴과 두 팔은.

이쪽저쪽으로 몸을 돌려 보았다. 근육이라고 정의할 만한 게 아무것도 없었다. 아무것도 없다는 거 하나만은 확실했다. 방에 가면 청바지 서너 벌과 찢어진 배낭과 낡은 담요 밑에 역기 운동용 벤치가 있기는 한데, 숀은 처음에 몇 번 해보고는 포기한 지 오래다.

자위가 끝나고, 아니면 저녁을 먹고 나서 벤치를 꺼내 운동이나 좀 해볼까 하는 생각이 들었다. 나는 왜 그토록 많은 인간들이 운동을 하려고 마음먹었다가 금세 포기해 버리는지 늘 궁금했다. 그래놓고 죄책감은 또 왜 느끼는 건지. 게다가 항상 자신의 체격이 부끄러운 양 행동하는 건 또 어떻게 해석해야 하는 건지, 참. 그 모든 과정이 나로서는 도저히 이해가 되지 않았다.

손을 샤워기 아래에 대 물의 온도를 확인했다. 딱 좋다. 이제껏 흐르는 물이 이토록 몸을 진정시키며, 이토록 관능적일 수 있는지 전혀 몰랐다.

샤워실 안으로 들어가 커튼을 치자, 기분 좋은 흥분감이 밀려왔다. 숀의 신체 부위들도 같은 느낌이었는지 기대감으로 달아오르기 시작했다.

자기들에게 내가 뭘 해 줄지 이미 잘 알고 있었다.

그리고 난 해냈다. 이런 세상에, 해내고야 말았어.

샤워가 끝났을 때 나는 헐떡였고, 숀의 가슴은 두방망이질 쳤다. 인간들은 왜 이 좋은 걸 지금보다 더 자주 하지 않지? 젠장, 성적 욕구 외에도 채워야 할 다른 욕구들이 있다는 걸 몰랐다면 아마도 이걸 하루 종일 하지 않는 게 도무지 이해가 되지 않았을 거다.

어쨌든 인간들이 이 느낌에 그토록 집착하는지 조금 이해가 된다.

이제는 섹스를 시도해 보고 싶다. 이미 섹스가 뭔지 아주 많이, 그리고 화려한 세부사항까지도 잘 알고 있긴 하지만 이제 그것을 직접 느껴 보고 싶다.

첫 번째로 얻은 교훈, 아는 것과 직접 해보는 것은 비교가 되지 않는다.

숀의 한 가지 문제는 그에게 정기적인 성적 파트너가 없다는 거다. 사실 정기적인 거는 고사하고 성적 파트너 자체가 없다. 정말 최악은 앞으로도 그럴 만한 상대가 나타날 기미가 전혀 없다는 사실이다. 뭐, 그렇다고 동성애자는 아니지만 애인도 없고 여자친구조차 없다. 이제 와 드는 생각이지만 정기적으로 성적 활동을 하는 다른 인간을 골랐으면 좋았을 텐데.

그러나 짧은 시간이었지만 나는 이미 이 독특한 육체에, 이 독특한 생활에 애정이 생겼다. 숀은 제법 괜찮은 친구다. 나는 숀이 자기 인생을 빛내 주는 순간순간의 경이로움에 대해 감사하고 있다는 사실을 전혀 알지 못했다. 손에 대해 모르는 게 없다고 자신했지만 그의 몸을 빌려 살아 보니, 내가 알고 있는 것들은 아둔하면서도 일차원적인 사실에 불과했다. 나는 손의 친구와 동생의 눈을 마주보는 게 좋았고 더 많이 보고 싶었다. 이런 관점에서 보면 인간이란 무척 흥미진진한 존재다. 그들은 맞춰주기를 기다리는 퍼즐 조각 같고, 풀리기를 기다리는 불가사의 같다.

아니, 손이 된다는 건 그 자체로 충분히 흥미롭다. 지금 당장은 그의 몸으로 섹스를 해보고 싶을 뿐이다. 어렵지는 않을 거다. 먼저 여자애부터 알아봐야겠다. 우선은 가장 흔한 인간의 성 경험, 남녀 사이의 기본적인 섹스부터 시도해 보자.

이제부터 내가 그의 육체를 빌려 모든 일을 경험하려는데 손이 여기 없다는 게 안타까울 따름이다. 분명 손도 무척 좋아했을 거다.

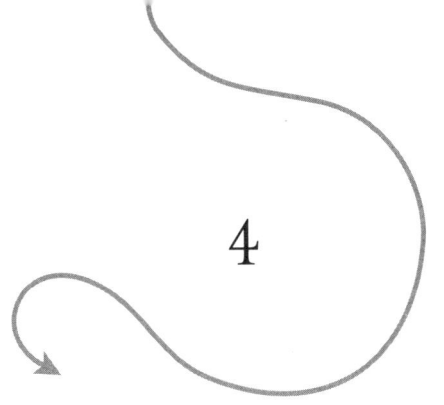

4

샤워를 마치고 나서 욕조에 물을 가득 채웠다. 그러고는 목욕을 했다. 나는 물이 참 좋다. 물이 주는 느낌이 좋다. 따뜻하며 둥둥 떠다닐 수 있다. 한순간에 사라져 버리는 작은 물결들을 만들기 위해 물 표면을 찰싹 쳤고, 다음에는 몸을 앞뒤로 움직여 욕조 밖으로 쏟아져 내릴 정도로 커다란 물결을 만들어 보았다. 그러다 물이 차가워지면 피부가 발개질 정도로 아주 뜨거운 물로 욕조를 다시 채웠다. 손가락과 발가락이 빨갛게 변하는 모습을 지켜보았다.

물 밑으로 귀가 잠길 정도로 드러누워 다리와 엉덩이를 바닥에 문지르면서 끽끽거리는 마찰음에 귀를 기울였다. 그런 다음엔 욕조 옆면을 탕탕 치며 쨍하고 울리는 소리를 들었다.

근사해.

몸을 일으켜 앉자, 귀에서 물이 주르륵 흘러내렸다. 그때 여자 목소리가 들려왔다.

"형이 저기 들어간 지 얼마나 됐다구?"

숀의 엄마다.

등과 가슴에서 주르륵 흘러내리는 물소리를 잘 들어 보았다.

"두 시간 반. 내가 문을 두드릴 때마다 목욕하는 중이래."

제이슨이었다.

뭐, 난 정말 목욕 중인데.

발자국 소리.

똑, 똑, 똑.

"얘, 숀? 괜찮니?"

걱정스러운 말투다.

"괜찮아."

내가 큰 소리로 대답했다. 그런데 생각해 보니 아마도 내가 인간치고는 너무 오래 있었나 보다. 숀치고는. 어쨌거나 물이 다시 차가워졌고, 팔에 닭살이 돋아났다.

"금방 나가."

숀의 엄마에게 큰 소리로 말했다.

몸을 말리는 동안 욕조의 물을 뺐고, 수건으로 허리를 감쌌다. 바깥 공기는 물보다 훨씬 더 차가워서 기분이 언짢았다. 그러면서도 여전히 호기심에 약장을 열어 약병과 상자들에 적힌 온갖 라벨을 읽으며 여기저기 뒤져 보았다. 콘택트렌즈 세척액, 감기약, 피부 연고…….

음, 혹시 손이 아프면 내가 콧물과 재채기, 가려움증과 눈물을 흘리는 경험을 하다가 이 약들을 먹고 나을 수도 있겠네. 그 중에서도 재채기는 꼭 해보고 싶다. 재채기라는 게 뭔지 도통 이해가 되지 않았다. 고통스럽지 않을까. 강제적으로 갑자기 코로 숨을 내뿜는 일인데. 그런데 재채기 때문에 아픈 사람은 아무도 없는 듯했다.

약장을 닫고 이번에는 서랍을 열어 안을 살폈다.

"손?"

다시 손의 엄마다. 이번에는 바로 욕실 문 앞에 다가와 있는 것처럼 들렸다.

"아무래도 걱정이 되는구나. 엄마가 들어갈까?"

"아니야, 금방 나갈게."

나는 손의 막대형 데오드란트*의 뚜껑을 열면서 차분히 대답했다. 데오드란트를 더 길게 빼려고 밑에 있는 작은 바퀴를 살살 돌렸다. 그리고는 다시 반대로 돌렸다. 또다시 돌려서 밖으로 뺐다. 재미있네.

---

*겨드랑이 냄새 제거제

숀의 티셔츠에서 풍기던 악취가 생각나서 겨드랑이에 살짝 발랐다. 특별한 느낌은 없다. 막대에 대고 킁킁 냄새도 맡아 보았다. 향이 좋다.

마침내 욕실 문을 열자, 숀의 엄마는 걱정스러운 얼굴로 욕실 문이 바로 보이는 거실 의자에 앉아 있었다. 원래는 퇴근하고 오면 절대로 그렇게 앉아 있는 일이 없다. 보통은 그녀가 세탁 담당이기 때문에 오자마자 한 무더기나 되는 빨래를 시작한다.

불현듯 감동이 밀려왔다. 그녀는 강압적인 부모가 되지 않으려고 최대한 노력하는 중이었다.

숀의 엄마는 내가 욕실 밖으로 나가자, 두 눈이 휘둥그레졌다. 그러더니 얼른 고개를 돌렸다.

원래 숀은 옷을 완전히 갖춰 입고서야 욕실 밖으로 나온다. 그런데 깜빡하고 갈아입을 옷을 가져오지 않는 바람에 지금은 작고 축축한 수건 하나만 겨우 걸치고 있었다.

이번에 숀의 방으로 들어갔을 때는 잊지 않고 문을 꼭 닫았다. 바닥에 수건을 떨어뜨리고 나서 주변을 둘러보니, 숀이 전혀 연주하지 않는 전기 기타 위로 아무렇게나 걸쳐 놓은 깨끗한 옷 몇 벌이 보였다. 이제는 어느 정도 피부에 닿는 옷감의 감촉에 익숙해지긴 했지만 숀의 옷 입는 스타일은 영 불만이다. 다 떨어지고, 축 늘어지고, 바래고, 구멍투성이 옷들. 숀의 엄마가 쇼핑하러 가면서 같이 가자고 할 때마다 숀과 매번 실랑이를 하는 걸 잘 알고 있었지만 한 번도 그 이유에 대해 생각해 보진 않았다.

숀의 엄마는 매년 새 학기가 시작되기 전에 숀을 데리고 쇼핑을 했다. 숀의 뜻과는 반대로 그녀는 늘 숀이 절대로 입지 않는 옷들을 사 주었다. 올해에 산 옷들 역시 가격표도 떼지 않은 채 아직도 옷장에 걸려 있었다.

그 옷들이야말로 바로 내가 원하는 스타일이다. 아직 몸에 맞기만 하다면. 숀은 한창 자라고 있으니까.

옷장에서 셔츠를 하나 찾아 입었다. 다음에는 바지. 숀의 낡아 빠진 옛날 옷들은 많이 입어서 부드럽고 피부에 닿는 감촉도 좋다. 하지만 새 옷들은 산뜻하고 빳빳한 게 아주 상쾌하다.

거울 속에 비친 내 모습을 바라보았다. 얼굴이 더 드러나게 머리칼을 좀 다듬을 필요가 있겠어. 이런 생각도 했지만 그러지 않는 편이 더 멋있어 보인다.

다시 몸을 돌려 여러 각도에서 내 모습을 바라보았고, 훨씬 더 기분이 좋아졌다. 이건 자만인가? 아니면 허영?

그게 뭐든 간에 기분이 무척 좋았다.

거울 속에 비친 내 모습을 보면서 셔츠를 바지 속으로 밀어 넣고 허리에 난 고리를 따라 허리띠를 끼워 넣은 다음 버클을 채웠다.

그런데 내가 보기에는, 이건 공평하지 않다. 이 셔츠는 하늘보다 더 밝고 진하고 멋들어진 파란색이다. 그런데 셔츠의 절반 가까이나 바지 밑으로 들어가 버렸다. 게다가 허리띠는 셔츠가 절대로 탈출하지 못하도록 바지라는 감옥에 꼼짝 못 하게 묶어 놓으려고 고안된 고문 장치나 마찬가지다.

나는 허리띠를 빼 버리고 셔츠를 도로 빼냈다. 해방이다, 꼬마 셔츠야!

숀의 신발은 냄새가 진동하는데다 곰팡이까지 피어 있어 깨끗한 발에 도저히 신고 싶지 않았다. 옷장을 뒤져 몇 달 전 결혼식에 갈 때 신었던 구두를 찾아냈다.

"이보게, 숀."

숀의 머리를 빗으며 거울에 대고 이렇게 속삭였다.

"흠, 자네의 이런 모습을 직접 봐야 하는데 말이야."

방 밖으로 나오자, 숀 엄마의 입이 떡 벌어졌다.

"너, 어디 가니?"

숀의 엄마가 물었다.

"아니. 갈 데 없는데."

내가 대답했다.

"어, 그래."

그녀가 조그맣게 말했다. 그러면서 잠깐 뜸을 들였다가 망설이듯 이렇게 덧붙였다.

"멋지구나."

"이 정도 가지고 뭘."

소파에 앉아 제이슨이 비디오 게임을 하는 모습을 지켜보았다. 나는 게임에 관심이 없었지만 숀의 눈으로 보니 제이슨이 정말 잘하는 듯했다. 제이슨은 무수히 많은 외계인들에게 총을 쏘며 나아가더니 지금까지 입은 피해를 만회할 복구 아이템들을 모았다.

제이슨은 내가 뒤에서 자신을 공격이라도 할 것처럼 어깨 너머로 계속해서 나를 흘깃거렸다. 하지만 이내 나를 까맣게 잊고 게임에 열중했다.

저녁 식사는 완전한 침묵 그 자체였다. 두 사람 다 나만 쳐다보았다. 숀의 엄마가 핫도그를 만들었는데, 맛이 굉장히 좋았다. 핫도그 하나에 겨자를 바르고, 다른 하나에는 치즈와 케첩, 또 다른 하나에는 양념과 겨자와 케첩과 치즈를 몽땅 발랐다. 결국 케첩이 가장 맛있다는 결론을 내렸고, 빵에다는 케첩 하나만 발라서 먹었다. 이게 폭식인가? 그랬으면 좋겠다. 확실히 나는 폭식을 즐기는 중이다.

숀의 엄마가 무슨 말인가 하려고 서너 번 입을 떼는 걸 보았지만 매번 아무 말 없이 입을 닫았다.

마침내 그녀가 겨우 입을 열었다.

"숀, 너 정말 괜찮은 거니?"

"어, 괜찮아."

내가 대답했다. 그와 동시에 깜빡하고 속옷을 챙겨 입지 않았다는 사실을 깨달았다. 아무렴 어때. 빵을 하나 더 집어 사이를 벌려 케첩을 발랐다.
"형은 사이코야."
제이슨이 엄마한테 일렀다.
"아까 자기 셔츠에 대고 프렌치 키스를 했어."
나는 어디에도 프렌치 키스를 한 적이 없다고 반박하려 했다. 하지만 제이슨의 면전에서 문을 쾅 닫은 다음에 티셔츠 여기저기에 혀를 대고 느낌을 만끽했던 게 생각나 빵을 먹는 내내 입을 꾹 다물었다.
"제이슨, 그런 말이 어딨어. 손…… 오늘 무슨 일 있었니? 특별한 일이라도?"
어, 손이 죽긴 했지만…….
"아니. 그냥 평범한 하루였어, 여느 날처럼."
"알았다."
그녀는 내가 케첩을 듬뿍 바른 마지막 빵 조각을 입 속으로 쑤셔 넣는 모습을 바라보며 도무지 영문을 모르겠다는 표정을 지었다.
"그래도 드디어 엄마가 사 준 옷을 입다니, 참 기쁘구나."
그녀의 얼굴에 잠깐 어떤 표정이 스쳐 지나가더니, 갑자기 편안해 보였다. 그녀는 아무 말도 하지 않았다. 하지만 나는 그녀가 남모르게 살짝 미소 짓는 모습을 놓치지 않았다.

"너희들, 숙제는 다 했니?"

그녀가 식탁을 치우려고 일어서며 물었다.

"아니."

제이슨이 대답했다.

"아니."

내가 대답했다.

"그럼 자기 전에 끝내 주겠니?"

제이슨이 한숨을 내쉬었다. 나는 잠시 생각에 잠겼다. 숀이 책가방을 집으로 가져왔고, 안에는 내일까지 내야 하는 생물학 연습 문제가 들어 있었다. 당연히 교과서는 몽땅 학교 사물함에 놓고 왔을 터였다.

그런 건 상관없다. 나는 답을 다 아니까. 그리고 질문을 읽고 숀의 머릿속에서 스스로 대답을 만들어 실제 낱말로 직접 말하는 것도 재미있겠다는 생각이 들었다. 게다가 종이 위에 연필로 쓴다는 것, 정교한 손가락의 움직임을 직접 경험해 본다는 것은 흔적을 만들어야 누군가와 내 생각을 소통할 수 있기에 반드시 필요한 일이다. 재미있겠는걸!

"지금 당장 할게."

내가 숀의 엄마에게 말했다.

해보니 진짜 재미있다. 나는 숀의 자동 연필깎이로 연필을 깎았고(드륵, 드륵, 끝!), 종이에 뺨을 대고 납작 엎드린 채 손으로 글자를 썼을 때 뒤로 남겨지는 가느다란 흔적을 지켜보았다. 이번에는 연필을 볼펜으로 바꿨다. 볼펜은 별 재미가 없어서 중성펜 하나를 집어 약간 흘려 쓴 듯 선을 몇 개 휙 그어 보았다. 그러곤 맨 위에 블록체로 손의 이름을 쓴 다음에 글자를 따라 그림자를 그려서 3차원 입체처럼 보이게 만들었다. 근사해.

손의 책가방에 완성된 숙제를 집어넣었다. 그런 다음 역기를 들어 올리려고 역기 운동용 벤치 위에 놓인 옷들을 치웠다. 그 옷들은 잘 접어 서랍에 넣어 두었다. 왜냐하면 옆으로 툭툭 차지 않으면 걷기조차 힘든 상황이 싫었기 때문이다.

직접 벤치에서 운동을 해봤지만 여전히 손이 운동을 포기한 이유가 납득이 가지 않았다. 팔이 쭉쭉 늘어나는 듯한 느낌이 좋았다. 처음에 손은 지금 내가 하는 것보다 더 무거운 역기로 시작했는데, 아마도 그 때문이었나 보다. 손은 상당히 지루해했고, 지루함을 도저히 견뎌 내지 못했다. 하지만 그래봐야 하루에 겨우 몇 분이다. 이해가 되지 않았다. 나는 항상 인간들이 어떤 일을 하는 이유는 잘 알지만, 그 이유를 제대로 이해하는 경우는 지극히 드물었다.

역기를 내려놓고 손의 더러운 옷을 골라냈다. 방 밖으로 내다 놓고 싶었다. 그 옷들에서 풍기는 냄새가 싫었다. 나는 살짝 세제 냄새가 나는 보송보송한 옷이 좋다.

더러운 옷을 한 아름 들고 세탁실로 향했다. 거실을 지나는데,

제이슨이 탁자 옆 거실 바닥에 책과 종이를 사방에 흩어 놓고 앉아 있었다. 제이슨은 몸을 웅크리고 숙제에 열중하고 있었는데, 그 모습이 자못 색다르게 다가왔다. 나는 잠시 멈춰 서서 제이슨이 뭘 하나 지켜보았다.

제이슨은 크게 한숨을 내쉬더니 책을 몇 장 휘리릭 넘기고는 몇 자를 적어 넣었다. 그런 다음 다시 한숨을 쉬고 손가락으로 머리칼을 빗어 넘겼다.

그게 다였다. 제이슨은 아무 생각 없이 갈퀴처럼 손가락으로 머리를 헤집어 놔서 머리칼이 덥수룩하게 이상한 모양으로 삐죽삐죽 솟아올랐다. 아까까지만 해도 제이슨의 머리칼은 두개골을 따라 가지런히 모양이 잡혀 있었다.

문득 제이슨은 연필의 움직임을 멈추더니 고개를 돌려 나를 쳐다보았다. 이런 빛과 이 정도 거리에서는 제이슨의 홍채가 지닌 아름다운 빛깔을 볼 수 없다는 걸 알았다.

몸을 돌려 손의 더러운 옷을 들고 다시 세탁실로 향했다.

바구니에 옷을 와르르 쏟는데, 복도 아래쪽에서 어렴풋이 제이슨의 목소리가 들려왔다.

"엄마, 형한테 무슨 문제 있어?"

"쉿! 형이 듣겠다. 형은 어른이 돼 가고 있는 거야."

그녀의 목소리는 낮았다.

"그치만 형이 입은 거 못 봤어?"

"십 대 소년이 갑자기 외모에 관심을 갖는 건 지극히 정상이란다. 그리고 형이 역기로 운동하는 소리 들었니?"

"그래서?"

그녀의 한숨 소리가 들렸다.

"여자애야, 제이슨. 형이 여자애한테 관심이 생긴 거야."

"여자애 누구?"

"그건 나도 모르지만 엄마 짐작이 맞을걸."

숀의 엄마가 나지막한 목소리로 말했다.

방으로 되돌아가는데, 두 사람은 갑자기 입을 다물었다. 제이슨은 다시 엎드려 숙제를 했다. 그렇지만 숀의 엄마는 고개를 들어 나에게 기분 좋은 미소를 지었다.

나는 걸음을 멈추고 미소로 화답했다. 그러고는 숀의 방으로 들어갔다.

문을 닫으며 속으로 생각했다. 전혀 알아채지 못하다니, 천만다행이야.

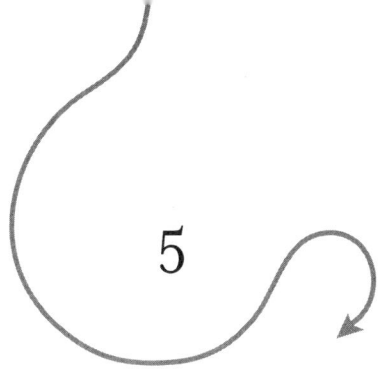

5

키리에 엘레이손. 그리스어로 '주여, 불쌍히 여기소서.' 라는 뜻이다. 나는 늘 이 문구가 마음에 들었다. 나를 부르는 많은 이름 가운데 하나가 '키리엘' 이기 때문이다. 이제는 쓰는 이도 없고, 더 이상 기억하지 않는 언어지만, 키리엘은 '영혼들의 거울' 이라는 뜻이다. 내가 가장 좋아하는 말이다.

내 임무는 영혼들의 후회를 그대로 흉내 내어 그들로 하여금 자신들의 수치심과 죄책감, 슬픔의 짐을 고스란히 느끼도록 만드는 일이다. 이러한 감정을 제대로 느끼도록 하려면 자신들의 죄악이 더 이상 비밀이 아니라 목격되고 있다는 사실을 스스로에게 인지시켜야만 한다.

흉내라는 행위를 통해 바로 내가 목격자가 된다.

자, 숀의 육체 속에서 나는 더 이상 거울이 될 필요가 없다. 다름 아닌 내 자신의 그림자를 비추는 거다. 결과가 아닌 원인을 초래하는.

그리고 난생처음으로 나는 잠과 직면하고 있다.

꿈에 대해서는 좀 알지만 그것 역시 간접적인 지식일 뿐, 잠이라는 것 자체는 내게는 늘 완전한 불가사의였다. 영혼은 육체를 빠져나가지 않지만 영혼에게는 육체처럼 잠이 필요하지 않다. 그러면 잠을 자는 동안 영혼에게 무슨 일이 일어나는 건지 그 동안 전혀 알 수가 없었다.

나는 숀의 엄마와 남동생에게 취침 인사를 건넸고, 두 사람의 방에서는 낮은 발자국 소리에 이어 딸깍하는 전등 스위치 소리와 삐걱거리는 침대 소리가 들려왔다.

나는 방의 불을 끄지 않았다. 잠을 자지 않고 숀의 서랍과 벽장을 뒤지며 모든 걸 눈으로 보고, 냄새 맡고, 만져 보고 싶었다.

이승에서의 내 시간에는 한계가 있다는 걸 잘 알고 있다. 이렇게까지 길게 머물러도 된다는 사실이 이미 놀라울 따름이다. 나는 내 영역을, 우주 만물의 꽉 짜인 체계 속에서 나에게 지정된 장소를 벗어났다. 내가 하고 있는 일은 허락받지 않은 일이다.

나는 조만간 되돌아가야만 한다. 숀의 육체가 잠들어 내가 아무것도 인지하지 못하는 그 시간이 바로 이 존재로부터 쫓겨나기에 가장 자연스러운 때겠지?

복도 아래에서 제이슨이 기침하는 소리가 들렸다.

숀 엄마의 방은 고요했다.

나는 아직 이승을 떠날 준비가 되지 않았다. 도저히 참을 수 없기 전까지는 절대로 잠을 자지 않을 작정이다.

오래된 암석을 모아 둔 상자를 발견하고 암석을 하나하나 꺼내 자세히 살펴보았다. 아무 냄새도 없었다. 그 중 몇 개는 입에다 넣고 혀를 대고 굴려 보았지만 아무 맛도 느껴지지 않았다. 하지만 암석마다 색깔이나 질감, 무게는 제각각 달랐다.

그러는 와중에 눈꺼풀이 점점 무거워졌다. 숀의 육체는 재충전을 위해 일시 휴식을 요구했다.

억지로 눈꺼풀을 크게 치켜떴다. 상자를 도로 벽장에 집어넣고 침대에 앉아서 잡지를 몇 권 들춰 보았다. 숀은 잡지가 많지 않았다. 가벼운 옷차림으로 해변에서 뛰어다니는 완벽한 몸매의 여성이 나오는 오래된 잡지가 한 권 보였다. 그리고 운동용품과 운동복을 소개하는 상품 안내서 하나.

마음이 자꾸만 점점 더 흐릿해져 가는 게 마치 끄트머리부터 녹아내리는 듯한 느낌이랄까. 확실이 이건 졸음이다. 마음을 멍하게 만들어 버리는 무딘 감각.

정신을 차려 보니 글자를 읽는 게 아니라 상품 안내서만 멍하니 응시하고 있었다.

나에게 잠이 찾아왔다. 어쩌면 숀의 육체가 잠이 들었을 때 내

직무로 돌아가지 않을지도 모른다.

어쩌면 돌아가도록 허락되지 않을지도 모른다.

잠이 이 육체를 삼키면 내가 죽을까, 손처럼? 나는 해서는 안 되는 일을 저질렀다. 결국 나는 비참한 최후를 맞게 될까? 내가 항상 감독하던 것과 마찬가지로 무한한 고통을 겪으면서?

아니면 산소가 없어진 상황의 불꽃처럼 완전히 사라져 버리게 될까?

내가 느끼는 게 공포인가? 이 두려움, 손의 육체가 이토록 원하고 있는데도 잠을 자기 싫어하는 이 마음이?

반란이 끝나고 신의 판결이 닥쳐왔을 때 나는 두려웠다. 어떤 결과가 나올지 전혀 몰랐다. 탈출구가 없다는 사실만 알았을 뿐.

그것에 비하면 지금의 두려움은 아무것도 아니다. 이 두려움은 오히려 유쾌하기까지 하다. 그렇다. 나는 나에게 무슨 일이 닥칠지 두렵다. 하지만 이 두려움은 내 자신의 행동으로 만들어진, 내 마음속, 내 스스로의 감정이기에 유쾌하다. 나를 위해, 그리고 나로부터.

나는 이미 지옥에서 살았다. 그보다 심하다고 해도 그건 단지 정도의 문제일 뿐이다.

게다가 앞으로 무슨 일이 닥친다 해도 나는 당해도 마땅하다. 반란 때문에 내가 특별한 벌을 받았다고 느껴 본 적은 전혀 없다. 나는 희망과 기대, 정의감으로 반란을 시작했다. 나는 감사하고 찬미하고 숭배하는 일 이상의 일을 원했다. 우주의 창조 속에서 능동적인 역할을 담당하고 싶었고, 나 스스로 영향을 주는 존재이고 싶었다.

우리는 육체적인 창조물이 아니므로 반란이 육체적인 행위는 아니었다. 영적인 모반이자 허락받지 않은 열정의 분출이었다. 보이지 않는 발밑으로 복잡한 뿌리를 간직하고 원대한 창공으로 뻗어 나갈 준비를 마친, 하늘 높이 몇 미터나 솟아오른 거대한 나무를 한 번 상상해 보라. 여름에는 초록빛 그늘로, 겨울에는 레이스 같은 가지들로 충만하며, 그 복잡성만으로도 완벽하고, 변화하되 변하지 않고 언제 보아도 환상적인 존재를.

그런데 느닷없이 외톨이 잔가지 하나가 줄기에서 나타나 땅 위 몇 미터 떨어진 곳에서 자라기 시작한다. 그게 바로 반란이었다. 그것은 아름답지 않았고 어울리지도 않았다. 결국 사소하고 비뚤어진, 창조주의 뜻에 대한 변변찮은 모방에 불과한 결과가 되어 버렸다. 그것은 결국 잘못된 대담성과 교만에 근거한 것으로 판명이 났으며, 그로 인한 수치심으로 인해 우리는 이후 우리에게 주어진 비참하고 하찮은 임무를 쉼 없이 수행할 수밖에 없었다.

하지만 당시에는 선의로 행한 일이었다.

반면에 손의 육체를 훔친 일은 나쁜 짓이라는 걸 명백히 알면서도 저지른 일이다. 나는 내게 맡겨진 임무를 저버렸다. 말하자면 버려진 배랄까.

이번에는 단지 벌을 받아 마땅한 것만이 아니다. 나는 슌의 몸을 소유했다. 나는 그 안에서 한껏 즐겼다. 그 결과는 나의 것이다. 창조주여, 그러니 어쩔 건데!

여기까지 생각이 미치자, 드디어 잠을 시도할 마음의 준비가 된 듯했다. 슌의 육체가 아까부터 절실히 원하던 바였다.

불을 끈 다음 손으로 어둠 속을 더듬으며 조심스럽게 발을 움직여 슌의 침대로 갔다. 딱 무릎 높이의 매트리스가 있었다.

슌의 침대에 누워 이불을 끌어당겼다. 나는 늘 잠이라는 게 밑바닥이 없는 구멍 속으로 조금씩 떨어지듯이 서서히 낙하하는 게 아닐까 생각해 왔다. 잠이 든다는 건 정말로 그런 걸까?

이제 곧 알게 될 거다. 나는 슌의 눈이 감기도록 허락했고, 잠을 기다리는 사이 가장 즐거운 생각에 빠져들었다. 드디어 내가 창조주의 관심을 끌게 된 건가. 비록 그 관심이 분노로 가득하다 해도. 어쩌면 내가 고의로 저지른 행위들은 그분에게 부디 나를 좀 알아봐 달라며 생떼를 쓰는 건지도 모른다.

공포와 망각은 그럴 만한 가치가 있다!

……저녁과 아침이 되니
첫째 날이더라…….

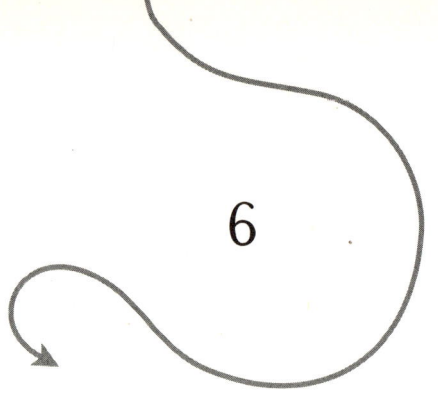

6

정신이 들고 맨 처음 느낀 건 중력이었다. 중력이 내 뺨을 이불 밑으로 끌어당겼고, 내 한쪽 몸을 매트리스 안쪽으로 억눌렀다.

내 뺨? 내 몸?

아니. 숀의 것이다.

나는 눈을 떴다.

야호! 난 아직 여기에 있고, 숀의 몸도 여전히 나를 감싸고 있다.

잠이 뭐였지?

무(無).

잃어버린 시간.

잠이 어디에 쓸모가 있는지 창조주는 알겠지.

침대에서 일어나 앉았다. 조금 비틀거리기는 했지만 기분은 좋았다. 주먹 쥔 손을 머리 위로 들어 올려 허공 속으로 승리의 주먹을 날렸다. 소리를 지르고 싶었지만 괜스레 숀의 식구들을 놀라게 하고 싶지 않았다. 대신 군중들을 열광시키는 듯한 흉내를 내 보려고 조그맣게 "예! 예! 예!" 하고 소리쳤다. 나는 늘 그게 해보고 싶었다.

앞으로 내게 남은 시간이 얼마나 될지 여전히 짐작하기 힘들었다. 팔을 내린 다음 만족감에 주변을 둘러보았다. 생생한 이승의 아침을 맛보다니 정말 근사해! 아침 빛으로 방의 빛깔이 미묘하게 변했고, 벽의 짙은 황록색 페인트가 한결 풍부하면서도 희망에 찬 빛으로 달아올랐다. 어젯밤에 내가 잠이 들었던 바로 그 방이 지금은 조금 달라 보였다.

어젯밤에 들어올 때 문을 닫고 들어왔는데, 문이 살짝 열려 있었다. 숀의 고양이가 서랍장 맨 위에서 나를 빤히 쳐다보고 있었다. 누군가 문을 열어 본 게 분명하다.

"잘 잤니, 피너츠?"

고양이에게 다정하게 말을 건넸다.

고양이는 눈도 깜박이지 않고 나를 뚫어져라 쳐다보았다.

"여기 다시 오다니 기쁘구나."

피너츠는 미동도 없었다.

"무서워할 거 없어. 너를 해치지 않아. 이리 오지 않을래?"

내 옆자리의 침대를 토닥이며 말했다.

피너츠는 귀를 뒤로 젖히더니 쉬익거렸다.

전에는 손을 그런 식으로 대한 적이 한 번도 없었다. 녀석은 내가 손이 아니라는 사실을 알고 있었다.

자기 주인을 그리워하나 봐. 아주 잠깐 내가 한 짓을 후회할 뻔했다.

그러나 아주 잠시였다. 그의 육체를 취하든 취하지 않든 어차피 손은 여기에 없을 테니까.

고양이가 서랍장에서 뛰어내려 침대 밑으로 달려 들어갔다. 기분이 나빴다. 피너츠를 쓰다듬고 싶었다.

그래서 바닥에 배를 대고 누워 몸을 침대 끝까지 당겨서 기대고는 침대 밑을 살폈다. 그러려면 침대보 끝자락을 들어 올려야 했다.

어둠 속에서 안구 두 개가 반짝였다. 분명 피너츠의 눈동자인데, 안에서 불이라도 켜진 듯 빛나는 초록빛과 금빛으로 변했다. 나는 숨을 죽였다.

"넌 아름다운 창조물이야. 사랑스러운 창조물이야."

보이지도 않는 피너츠에 대고 말을 건넸다. 그러고는 피너츠에게 손을 내밀었다.

두 개의 안구가 나에게 와락 달려드나 싶더니 손가락 끝에 찢는 듯한 아픔이 느껴졌다. 손을 휙 잡아 빼는 순간, 피너츠가 잽싸게 뛰쳐나가더니 흐릿한 갈색 빛을 남기며 복도 끝으로 사라져 버렸다.

침대에 똑바로 앉아 살펴보니, 손가락 끝에 가느다랗게 면도칼로 베인 듯한 상처가 나 있었다. 상처에서 붉은 피가 배어 나왔다.

지옥처럼 아팠다. 말하자면 그렇다는 얘기다.

손가락을 들어 벌써 빨갛게 부풀어 오른 상처를 가만히 바라보았다. 아주 선명하고 매력적인 색깔이었지만 베인 상처가 어찌나 쑤시고 쓰라린지 마치 방의 공기가 드러난 신경말단을 갈퀴질하는 듯했다.

"아프잖아."

누군가 낮은 목소리로 말하는 소리가 들렸다. 알고 보니 내 목소리였다. 당황스러워하는 목소리네. 하지만 내 목소리에는 또 다른 감정이 감춰져 있었다.

고양이는 내가 손이 아니라는 사실을 알고 있다. 하지만 아마도 그 때문에 나를 거부하지는 않았을 거다. 혹시 피너츠는 인간들이 모르는 다른 무언가를 알고 있는 게 아닐까.

내가 원래 거부당하기로 되어 있는 존재라는 걸 눈치챘을지도 모른다. 어쩌면 저 짐승은 인간보다는 창조주의 심장에 더 가까울지도, 그리하여 타락천사들에게는 마음을 열지 않도록 만들어졌는지도 모를 일이다.

어쩌면 고양이는 창조주의 거부를 반영하는 존재일지 모른다.

다른 무엇보다도, 진정으로 이해받고 싶은 누군가로부터 거부당했다는 사실에 엄청난 충격을 받았다.

서서히 피가 응어리져 방울방울 맺혔다. 그러고는 중력이 엄습해 와 핏방울로 변하더니 천천히 손가락에서 떨어져 내렸다.

왜 전지전능한 절대자는 존재를 창조하고 본능을 만들어 놓고는 그 본능이 요구하는 대로 행동하는 존재를 거부하는 걸까? 왜 그분은 당신의 피조물에게 결점을 만들어 놓고는 그 결점을 극복해 내지 못하면 벌을 주는 걸까?

만약 당신이 결점이 있는 인간들 가운데 하나라면 답을 알지 못할 것이다. 앞으로도 절대로 답을 알지 못할 것이다.

그 얼마나 수없이 구하고 또 구할지라도.

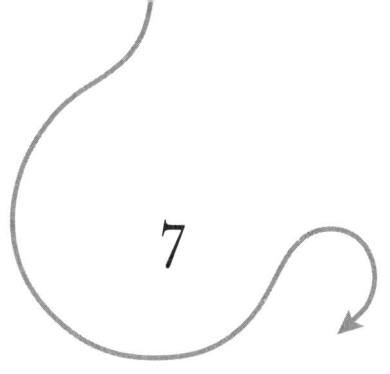

7

"제이슨, 잘 잤냐?"

주방으로 들어서며 인사를 건넸다.

"꺼져."

제이슨이 대꾸했다.

제이슨은 숀을 조금도 좋아하지 않을지 모르지만 나는 정말로 제이슨이 좋다. 제이슨은 잘 모르겠지만 그는 우리 타락천사와 닮은 점이 많다.

어렸을 때부터 제이슨은 기질 때문에 사람들에게 사랑을 받지 못하고 거부를 당했다. 제이슨은 무척 활동적이어서 항상 가만히 앉아 있지 못했다. 관심이 가는 물건을 볼 때마다 반드시 만져 보고 손으로 직접 쥐어 봐야 직성이 풀렸다. 게다가 그냥 보는 걸로는 성이 차지 않아서 작동시키고 움직이고 결국은 부러질 때까지 구부려 봐야만 했다. 제이슨을 돌봐 주는 사람들과 교사들은 제이슨이 다가오는 모습만 봐도 두려움으로 바짝 긴장하곤 했고, 잘못을 지적하는 말에는 분노와 초조함이 실려 있었다.

그들의 반응을 내가 느낄 정도면 당연히 제이슨도 알았을 거다.

특이하게도 뭐든 부러질 때까지 구부려 보는 성격은 보스와 똑같다. 보스도 성격상 뭐든 끝장을 보고 싶어한다. 제이슨처럼 보스가 그러는 것도 남들의 감정이나 소유물을 무시해서가 아니라 단순히 억제할 수 없는 호기심 때문이다.

보스는 아직도 호기심을 억제하지 못한다. 하지만 제이슨은 아니다. 자신의 행동 때문에 하도 오랫동안 기피의 대상이 되어 벌을 받고 거부당했기 때문에 냉소적인 혐오의 요새 속으로 물러나고 말았다. 사람들이 보기에 제이슨이 퉁명스러운 건 그 때문이다. 아무에게도 별 관심을 보이지 않으려 하는.

나는 제이슨의 세계가 무척 친근하다. 말을 붙이지는 않았지만 손이 늘 하던 대로 아침 식사로 우유에 과일 맛 시리얼을 탄 다음 의자를 하나 빼서 새로 생긴 남동생과 함께 식탁에 앉았다. 제이슨과 같은 공간에 있다는 게 좋았다.

제이슨이 계피 맛 시리얼을 먹는 동안 나는 숟가락으로 시리얼 조각들을 콕콕 찔러서 조각들이 우유 밑으로 가라앉았다가 다시 둥둥 떠오르는 모습을 구경했다.

과일 맛 시리얼은 케첩보다 더 맛있다.

제이슨이 아침을 다 먹고 자리에서 일어섰다. 제이슨이 책가방을 들어 어깨에 걸치는 모습을 보며 다시 한 번 다정하게 인사를 건넸다.

"잘 갔다 와, 제이슨."

"왕짜증."

제이슨이 쳐다보지도 않고 말했다. 제이슨이 주방에서 성큼성큼 걸어 나갔고, 곧이어 현관문이 열렸다가 다시 쾅하고 닫히는 소리가 들렸다.

쟤, 이 안 닦았는데. 어젯밤에 아주 작은 칫솔로 숀의 이 하나하나를 동그라미를 그려 가며 문질러 댔다. 조금 있다가 다시 한 번 그렇게 할 예정이다.

처음에는 바삭바삭하던 시리얼이 지금은 흐물흐물해졌다. 그렇지만 여전히 맛있다. 마지막 조각을 잡으려고 쫓아다니다 드디어 숟가락으로 잡았다. 그릇을 들어 입술에 대고 우유까지 후루룩 마셨다. 달콤하면서도 맛있다.

몇 가지 사소한 것만 빼고는 숀이 하던 대로 아침 일상을 마무리었다. 숀은 늘 그릇과 숟가락을 싱크대에 그대로 두고 갔지만 나는 나중에 숀의 엄마가 조금이나마 시간을 절약할 수 있도록 식기세척기에 넣어 두었다. 그러고 나서 치실로 이를 닦았다.

손은 웬만해선 그런 적이 없었다.

　방으로 들어가 손의 책가방을 메고 거실로 나오는데, 무언가 하얀 게 눈에 띄었다. 작은 탁자 위에 놓인 종이 한 장.

　제이슨의 숙제다. 구겨진 종이에는 글자들이 가득했다. 여기저기 지운 흔적으로 지저분했고, 빽빽하게 갈겨 쓴 연필 자국이 보였다. 한 군데는 찢어지기까지 했다.

　제이슨이 숙제를 깜박 잊고 두고 갔나 보다.

　등을 구부린 채 열중하던 제이슨의 모습이 떠올랐다. 머리카락이 삐죽삐죽 솟아오른 모습도. 제이슨은 이 숙제를 하느라 애를 많이 썼다. 하지만 오늘 학교에서는 아예 숙제를 하지 않은 게 돼 버릴 거다.

　내가 해 줄 수 있는 일은 아무것도 없다. 제이슨이 탄 버스는 이미 출발했다. 나는 손의 하루를 따라가야만 한다.

　나는 마음 한구석을 콕콕 찌르는 동정심을 밀어냈다. 다른 사람들의 슬픔과 고통으로부터 벗어나기 위한 나의 휴일, 나만의 휴가다. 그 동안 온갖 비참한 존재들로 인해 포화 상태가 된 지 오래다. 이런 동정심이야말로 내가 벗어나고자 했던 바로 그러한 감정들이 아닌가.

　이 휴일의 목적은 즐거움이다.

　나는 종이를 도로 탁자에 올려놓고 밖으로 나와 현관문을 잠갔다.

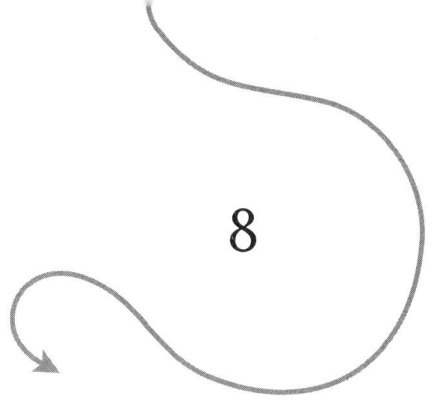

8

숀의 학교 버스를 타러 가면서 오늘은 과자를 좀 먹어 보고 싶다는 생각이 들었다. 초콜릿 과자가 좋겠다. 뭐, 일단은.

버스를 기다리면서 숀의 헤드폰을 끼고 그의 시디 가운데 하나를 들었다. 딱 숀의 방을 연상시키는 음악이다. 시끄러운 소리들이 겹겹이 쌓이고 얽히고 얽혀서 뭐가 뭔지 알아듣기가 힘들었다. 음악 때문에 다른 소리가 하나도 들리지 않는 것도 영 마음에 들지 않아서 헤드폰을 벗고 시디플레이어를 가방에 집어넣었다.

숀은 정류장 구석에 서서 혼자 버스를 기다리는 일을 항상 거북하게 생각했다. 두 손을 주머니에 푹 찌르고 누가 차를 몰고 지나가도 애써 외면했다. 공격받기 쉽다고 느끼는 듯했다.

왜 그런지 납득이 되지 않았다. 혼자라는 걸 사람들이 보면 대체 무슨 끔찍한 일이 생긴다고 생각하는지도 모르겠다.

나는 혼자 서 있는 게 정말 좋다.

주변을 둘러보니 나무에 달린 잎사귀들이 바람에 흔들리는 모습이 보였다. 따로따로 움직이면서도 조화로운, 그러면서도 각자의 공간을 유지하면서 움직이는 게 물고기 떼의 모습이 이렇겠구나 하는 생각이 머리를 스쳤다.

찻길 건너편 뜰에서 다람쥐 한 마리가 다른 다람쥐를 쫓는 모습이 보였다. 처음에는 둘이 장난을 치나 싶었는데, 잠시 더 지켜보니 영역 싸움이었다. 한 놈이 다른 놈을 물어뜯으려 한다는 결론을 내렸다.

두 눈을 감고 내가 부르는 콧노래 소리에 귀를 기울였다. 머릿속이 진동하며 소리를 만들어 내는 방식이 마음에 들었다. 손가락으로 귀를 틀어막자 소리가 달라졌는데, 훨씬 더 크게 들렸다.

그러느라 버스가 오는 소리를 미처 듣지 못했는데, 문득 매캐한 휘발유 냄새가 났다. 축축한 잔디밭에서 나는 신선한 아침 냄새와는 전혀 다른, 다소 언짢은 느낌이었다. 두 눈을 뜨자, 열린 버스 창문으로 서너 명이 나를 물끄러미 쳐다보았다. 어떤 애들은 어리둥절한 표정으로 다른 애들을 힐끔힐끔 곁눈질했다.

손의 손가락들을 귀에서 떼어 내고 버스 계단을 올랐다.

"안녕하세요."

내가 인사하자, 버스 운전사가 가볍게 미소를 띠며 고개를 까딱였다.

손이 늘 앉던 베일리의 옆자리로 다가갔다.

"너, 거기서 뭐하고 있었냐?"

자리로 들어가 앉는데, 베일리가 물었다.

"그냥."

내가 대답했다. 손의 상투적인 대답이었지만, 그건 나 역시 마찬가지였다.

베일리가 내 남방과 카키색 바지를 눈여겨보았다.

"그 옷은 또 뭐냐?"

"음, 깨끗한 옷이 없어서."

거짓말을 했다. 지금은 패션에 대해 왈가왈부할 기분이 아니었다. 나의 첫 자동차 탑승이었기에 아무것도 놓치고 싶지 않았다.

오, 재밌네. 출발하면서 내 몸이 좌석 뒤로 젖혀지는 것만 빼면, 발밑에서 웅웅거리며 전해지는 진동 외에는 별다른 변화를 느끼지 못했다. 베일리 주변과 창문 밖을 자세히 살펴보았다. 집이나 나무들이 스쳐 지나가는 모습을 보지 못했더라면 내가 움직이고 있다는 사실을 몰랐을 거다. 뭐지? 시속 40, 50킬로미터쯤 되나?

근사해.

"어젯밤에 왜 접속 안 했냐?"

베일리가 물었다.

"시간이 없었어."

그건 사실이다.

"자리 좀 바꿔 줄래?"

베일리는 다시 한 번 나를 이상한 눈으로 쳐다보더니(이 부분은 딱히 변명거리가 떠오르지 않았다.) 어깨를 으쓱하고는 자리에서 일어섰다. 베일리가 좌석 쪽으로 몸을 바짝 밀착시키는 사이에 내가 얼른 자리를 옮겼다.

"야! 거기 뒤에 앉아!"

버스 운전사였다. 운전사 뒤통수밖에 보이지 않는데? 그러다 운전사 위에 달린 거울이 눈에 띄었다. 운전사의 얼굴이 거울에 보였는데, 나를 향해 눈을 부릅뜨고 있었다.

얼굴은 정반대쪽을 향하고 있는데도 우리는 서로를 볼 수 있다. 머리도 좋아.

창문이 열려 있어 스쳐 가는 공기를 느껴 보려고 창밖으로 손을 뻗었다.

그래, 느껴진다. 시원하고 돌진하는 힘.

"야! 너!"

운전사가 또 큰 소리로 외쳤다. 백미러를 올려다봤더니 운전사가 또다시 나에게 눈을 부릅뜨는 모습이 보였다.

"걸어가고 싶어? 당장 버스 안으로 손 집어넣어!"

나는 얼른 손을 안으로 당겼다. 하지만 이유를 알고 싶었다.

"왜요?"

내가 묻자, 거울 속에서 운전사는 백미러 밖으로 튀어나올 듯이 얼굴을 들이밀었다.

"왜냐구? 너 지금 왜냐구 물었냐?"

나는 '네'라고 대답하려고 했지만 운전사는 대답을 기다리지 않았다.

운전사는 천둥처럼 으르렁댔다.

"왜냐면 내가 그렇게 말했으니까. 그게 이유다!"

손으로 살아간다는 건, 몇 가지 면에서, 상자 안에 갇힌 존재가 되는 것과 같다. 전에는 시력이 없어도 모르는 게 하나도 없었다. 지금은 볼 수는 있지만 보이는 거라고는 오로지 운전사의 뒷모습과 거울 속으로 보이는 두 눈뿐이다.

그렇지만 운전사가 화가 났다는 건 분명히 알겠다.

기억을 더듬어 보니 운전사는 학생들에게 규칙을 지키라고 줄기차게 강조하곤 했다. 그녀는 자신이 하는 일에 괜한 분란이 없기를 바랐다. 아마도 자신의 버스에 탄 학생들이나 도로 위의 다른 차들이 여느 때와 다른 행동을 하면 스트레스를 받기 때문일 게다.

그러니 창밖으로 손을 내미는 짓 따위는 당연히 싫겠지.

그래서 나는 아무 대꾸도 하지 않고 학교까지 가는 동안 손을 창문 근처에도 대지 않았다.

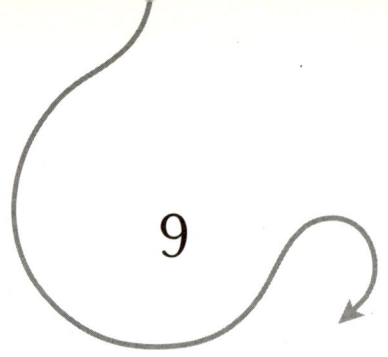

9

손의 연애에 대해 손의 엄마가 무슨 생각을 하고 있는지 나는 잘 알고 있다. 얼마 전에 그녀는 손의 주머니에서 여자아이가 쓴 쪽지를 하나 발견했다. 손의 엄마는 쪽지를 도로 집어넣고 그 얘기를 절대 입 밖으로 꺼내지 않았다. 아마도 엄마가 자기를 몰래 훔쳐본다고 생각할까 봐 염려스러웠던 듯하다. 뭐, 훔쳐본 건 사실이지만.

하지만 그건 손의 엄마가 생각하는 그런 쪽지가 아니었다. 손이 좋아하는, 아니 그보다는 손이 욕정을 품었던 여자애가 쓴 쪽지였다. 더군다나 손에게 쓴 쪽지도 아니었다. 바닥에 떨어져 있던 쪽지를 손이 지나가다 주운 거였다. 사실 손은 쪽지를 보며 자위까지 한 번 했는데, 결국 수치심을 느끼고 말았다. 손은 자위가 끝나자 거울 속의 자신에게 "이 변태."라고 중얼거렸다.

그러면서도 숀은 쪽지를 버리지 않았다. 이따금 쪽지를 손가락으로 매만지거나 꺼내 보기까지 했다. 숀은 쪽지를 만지작거리며 무슨 생각을 했을까.

아마 숀으로서는 그 여자애에게 말을 거는 것보다 이편이 훨씬 쉬운데다가 직접 말을 걸면 실수할 우려도 있고, 더욱이 그 여자애는 숀에게 관심은 고사하고 숀이 누구인지조차 제대로 모르는 게 분명했기 때문에 그랬을 거다. 숀은 못생긴 얼굴은 아니지만 21세기 미국 고등학교의 계급 제도 아래에서는 외모 못지않게 자신감도 중요한 조건이다. 그런데 절친한 친구들과 함께할 때를 빼면 숀은 구석으로 슬쩍 물러나 혼자 몸을 구부리고 앉아 있기 일쑤고, 꼭 필요한 대답만 하는데다가 그것도 기껏해야 한두 마디가 고작이었다.

그래서 어찌 보면 투명인간이나 마찬가지였다.

숀의 머릿속은 그 여자애 생각으로 가득했다. 쪽지의 주인공은 같은 반의 다른 여자애들과 비교했을 때 상당히 매력적이었다. 구체적으로 말하자면 왕가슴에 개미허리, 균형 잡힌 이목구비를 지닌 호감형 외모의 소유자랄까.

하지만 나는 외모는 상관하지 않는다. 내가 원하는 건 느낌이다. 성적 접촉에 몰두하는 동안 나의 몸이, 아니면 내 손이 갖게 될 느낌 말이다. 상대가 누구든 전혀 문제가 되지 않는다.

이런 마음가짐으로 보자면, 숀의 선택권 안에는 그 누구보다도 괜찮은 후보가 한 명 있다.

이름은 레인이다. 레인 헨네버거. 얼마 동안 숀에게 반하기도 했던 여자애다. 자신의 일기장에 '숀 시몬스 부인' 같은 말을 쓰기도 했다. 일기장은 자물쇠를 채워 매트리스 밑에 숨겨 두었다. 일기장의 내용에 따르면, 그녀는 자기가 학교에서 유일한 숫처녀일까 봐 걱정했고, 어쩌면 숀도 남몰래 그녀를 좋아했다고 언젠가 자신에게 고백하지 않을까 하는 막연한 희망을 품고 있었다. 서로 감춰 왔던 사실을 고백하고 나면 둘이 함께 부드러운 사랑을 나눌 테고, 그러고 나면 자신도 뭇 남성들로부터 욕망의 존재가 되는 다른 소녀들과 같은 존재가 될 거라고 상상했다.

당연히 숀은 레인에 대해 전혀 이상한 낌새를 눈치채지 못했다. 설령 숀이 알아차렸다고 해도 분명히 그녀의 평퍼짐한 엉덩이와 납작한 가슴, 커다란 코를 걸고 넘어졌을 게다.

숀은 그렇게 똑똑한 녀석이 아니다.

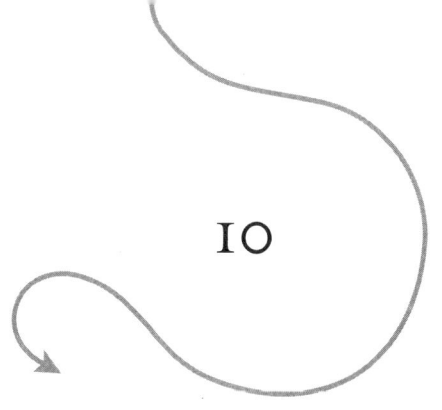

10

 1교시는 세계사였다. 이미 세계사 정도는 훤하게 꿰고 있었던 터라 대신 레인 헨네버거를 생각하면서 시간을 보내기로 마음먹었다.

 선생님이 고대 로마에 대해 강의할 때, 나는 무턱대고 레인에게 가서 섹스를 하자고 말할 수는 없다는 사실을 깨달았다. 많은 인간들, 특히 여자들은 그러면 눈살을 찌푸린다.

 흠, 그게 문제네. 성적 경험을 성취하는 데 많은 시간을 허비하고 싶은 생각은 없다. 관계를 형성하기가 싫다. 특히나 믿음에 근거하지 않은 관계는. 더는 상처 곁에 머무르고 싶지 않기 때문에 누구에게도 상처를 주고 싶지 않다.

 지금까지 나는 그 누구에게도 상처를 입혔다고 느낀 적이 없다. 내게 주어진 임무를 다했을 뿐, 부정적이든 긍정적이든 눈곱만큼의 영향력도 끼칠 수가 없었다.

그 무엇이 됐든 어떠한 나쁜 감정도 발생시키지 않고 숀의 몸으로 섹스를 해보기를 원할 뿐이다.

결국 레인도 최고의 선택이 아닌 걸까?

다시 한 번 숀이 좋아했던 왕가슴 여자애를 생각해 보았다.

아니야. 숀의 취향으로 봐서는 불행한 일이긴 하지만 그녀는 마땅한 후보가 아니다. 비록 내 예상과 달리 그녀가 숀의 존재를 알았다고 해도 그녀는 숀을 자기보다 낮은 사람으로 취급할 게 뻔하다. 언젠가 그녀가 패션에 있어서 자기가 인정할 수 없는 친구들을 놓고 왈가왈부하는 이야기를 들은 기억이 얼핏 머리를 스쳤다.

사실, 굳이 숀이 아니더라도 선택의 여지는 많지 않다. 학교에서 몇몇 여자애들은 성적으로 대담해 보였다. 나는 그 애들이 누군지 알고 있다. 하지만 그 여자애들은 숀을 몰랐고, 알고 있다 한들 그들이 숀을 원할지는 확실치가 않았다. 어쨌든 지금까지는 숀이 여자애들에게 그리 매력적이지 않은 것만은 분명하다.

숀의 육체 안에서 매춘은 생각하지 않는다. 강간은 절대로 고려의 대상이 아니다.

그래, 그럼 레인 헨네버거뿐이야.

선생님이 숀의 이름을 부르고 있어서 깜짝 놀랐다.

"우리랑 함께하지 않겠니?"

선생님이 물었다.

"물론이죠, 뭘 하는데요?"

내가 되물었다.

아이들이 까르르 웃음을 터뜨렸다.

"집중하는 데."

"아, 당연하죠. 죄송합니다."

이렇게 덧붙이는데, 선생님 뒤에 있는 칠판에 적힌 내용이 틀렸다는 걸 지적하기에 지금은 적당한 때가 아니다 싶었다. 네로 황제는 로마를 불태우라는 명령을 내리지 않았다. 분명 수에토니우스*를 읽었겠지. 그는 역사를 쓰면서 불평불만이 엄청 많았던 인간이니까.

수업을 마치는 종이 울리자, 손의 책들을 팔에 안고 복도로 나갔다. 여기는 도무지 배움에 하등 도움이 되지 않는 장소다. 생산 라인을 따라 되도록 문제가 적은 제품들을 최대한 많이 찍어 내기 위해 고안된 공장이나 마찬가지다. 이미 제작된 기계에 제대로 맞지 않는 불량품은 마구 씹혀서 내뱉어질 운명에 처해 있다. 이를테면 제이슨 같은.

내 생각에 이곳의 주된 과업은 종소리에 맞춰 움직이기, 꼼짝

---

*로마의 역사가이자 전기 작가

않고 앉아 있기, 쥐죽은 듯 조용히 하기다. 만약 이 세 가지를 제대로 하지 못하면 어떤 식으로든 낙오자로 간주된다.

이런 생각을 하는 와중에 레인의 모습이 눈에 들어왔다.

그녀를 보자마자 물밀듯이 정욕이 밀려왔다.

인간의 마음이란 이상야릇하다. 유연하면서도 생기가 넘친다. 육신의 눈을 통해서 레인을 본 건 이번이 처음인데도 나는 벌써 그녀의 나체를 상상할 수 있다. 그녀의 풍만한 엉덩이와 그녀 말고는 아직 아무도 만지지 않은 작은 가슴, 숀의 요구에 따라 기꺼이 다양하게 바뀌는 그녀의 체위를 마음속으로 그려 보았다.

내 생각이지만, 아마 숀을 제대로 알게 된다면 숀을 그렇게까지 좋아하지는 않았을 거다. 숀은 남의 호감을 살 만한 요소가 그다지 많지 않다.

하지만 나는 그녀가 무지무지하게 좋았다. 식구들을 대하는 태도가 숀과는 전혀 다르다는 점이 마음에 들었다. 수업 중에 배운 지식들에 대해 관심의 끈을 놓지 않는다는 점도 좋았다. 민속음식점에 가면 처음 보는 음식도 기꺼이 먹어 보려는 그녀의 사고방식이 정말 좋았다.

두 팔에 책을 잔뜩 끌어안고 복도를 따라 걸어 내려가는 레인 헨네버거의 모습을 보고 있자니, 혹시 내가 사랑을 경험하는 중일까 문득 궁금해졌다.

인간의 관섬에서 보면, 사랑은 종종 화학석 친화력과 호르본에 의한 신체적 반응으로 시작된다. 종종 그것은 마음과 영혼의 매력으로 자연스럽게 다듬어지기도 한다. 때로는 매력이 사라져 버리기도 하지만 그렇다고 사랑 그 자체가 거기에 존재하지 않는 것은 아니다. 각각의 경우마다 다르다.

이 경우는, 나는 레인을 잘 알고 있고 그녀를 엄청나게 좋아했으며 다른 사람들이 뭐라고 하던 그녀의 생각과 감정, 그녀의 육체가 보여 주는 미묘한 차이는 물론 그녀의 색깔과 모습, 감촉에 매료되고 말았다.

그녀를 따라 복도를 내려갔다. 어쩌다 아주 가까이 다가가면 어렴풋이 그녀의 향수 냄새가 풍겨왔다. 그러다 살며시 기대기만 하면 숀의 입술이 그녀의 머리칼에 닿으리만치 바싹 붙을 수도 있다. 그녀의 머리칼은 숀조차도 인정하지 않을 수 없을 정도로 길고 아름다웠고, 구슬 사탕이나 꿀에 비할 정도로 환상적인 빛깔을 지녔으며, 부드럽고 관능적이었다. 그녀의 머리칼을 손가락으로 감아서 코와 입술에 대고 느껴 보고 싶었다. 바싹 다가가 그녀의 드러난 살갗 냄새를 맡고 싶은 마음이 간절했다.

내 마음속 생각을 정리하기도 전에 숀의 몸이 행동하려고 했지만, 지금 두 팔은 숀의 책으로 가득했다. 계속해서 레인의 뒤를 따라 걸었다.

사랑에 빠진 거야. 나는 이렇게 결론 내렸다.

그녀의 머리칼이 어찌나 매력적인지 참다못해 손을 뻗었는데

(단지 손가락 하나뿐이었지만) 아, 보이는 그대로 반들반들 윤이 나고 부드러웠다.

　내 손길에 레인이 걸음을 멈추고 휙 돌아보았다. 두려움 탓일까? 그녀의 눈이 커져 있었지만 상대방이 누구인지 확인한 순간, 사랑스러운 그녀의 얼굴은 다시 부드러워졌다.

　숀, 이 멍청아, 너는 눈이 멀었냐?

　"금방 뭐한 거야?"

　그녀가 물었다.

　"네 머리칼, 정말 아름다워."

　내가 그녀에게 말했다.

　그녀의 눈 역시 아름다운 연갈색이다. 그녀는 깜짝 놀라 눈을 깜빡였다. 길게 내뻗은 속눈썹이 너무나 아름다웠다.

　"고마워."

　그녀의 응답은 그게 전부였다. 하지만 미처 감추기도 전에 순간적으로 미소가 번졌고, 숀의 마음이 자신의 가슴에게 작은 두근거림의 신호를 보내고 있는 걸 느꼈다.

　말을 해야 하는데, 아무런 말도 생각나지 않았다.

　"저기, 나 수업 들어가 봐야 할 것 같은데."

　레인이 말했다.

　나는 이렇게 말하고 싶었다. '가지 마. 우리 학교를 떠나 밖으로 나가 산니밭에서 사랑을 나누자.' 하지만 그저 가까스로 고개를 끄덕였을 뿐이다. 뭐든 하고 싶은 대로, 내 사랑.

하지만 그녀가 다시 걷기 시작하자, 나도 모르게 그 옆을 따라 걷고 있었다. 우리는 아무런 말없이 나란히 서서 복도 끝까지 걸었다.

"너, 왜 나하고 같이 걷는 거야?"

모퉁이를 돌면서 그녀가 물었다.

"그러고 싶어서. 싫어?"

내가 물었다.

그녀는 고개를 흔들었고, 과학실로 가는 내내 우리 둘 다 아무 말도 하지 않았다.

그녀가 문 앞에서 걸음을 늦추더니 안으로 들어가야 하나 어쩌나 불안한 듯이 멈춰 섰다.

마침내 그녀가 나를 향해 돌아섰다.

"너, 오늘 좀 달라 보여."

그녀의 입술이 벌어지며 움직이는 모습을 보았다. 축축해진 그녀의 입술이 손의 몸 이곳저곳을 스쳐 지나가는 장면을 머릿속으로 그려 보았다.

"그러니까 나에게 말을 건 것도 그렇고, 전부 다."

그녀가 아주 빠르게, 불안한 말투로 말하는 바람에 혹시 그녀가 긴장한 건가 궁금해졌다.

"내 말은, 있잖아, 너는 원래 그러지 않잖아. 나한테 말을 건다거나. 그것 말고도, 너는 뭐랄까, 달라진 것 같아."
 그녀의 입술에서 눈을 떼 그녀의 눈으로 시선을 옮겼다.
 "어떻게 달라졌는데?"
 "글쎄…… 한 가지 예를 들면, 넌 지금 미소를 짓고 있어. 거의 웃는 모습을 본 적이 없는데."
 내가 웃고 있다고? 얼른 손끝을 얼굴에 대 보았다. 그래, 분명히 이가 드러나 있고, 손의 두 뺨은 근육 수축에 의해서 보통 때보다 더 위로 올라가 있었다.
 "그건 내가 기분이 좋아서 그래."
 "너는 웃으면 정말 귀여워……."
 그녀가 말을 다 끝맺기도 전에 그녀의 얼굴이 예쁜 분홍빛으로 물들더니, 고개를 휙 숙이고는 교실 안으로 달아나 버렸다.
 그녀는 내가 달라진 사실을 알고 있다. 그녀는 손을 항상 지켜보았다.
 레인 헨네버거, 너는 바보가 아니야.

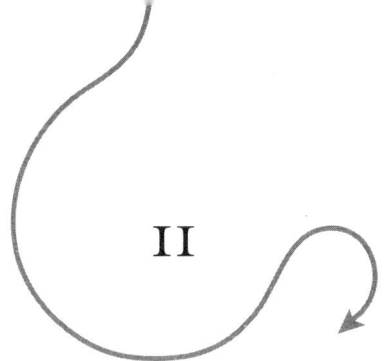

II

컴퓨터 응용학 수업을 마치고 베일리와 함께 점심을 먹으러 갔다. 베일리가 자신의 파워포인트 발표에 대해 이야기했지만 머릿속은 온통 레인 생각뿐이었다. 레인은 그 시간에 기하학 수업이 있었다.

"너, 괜찮냐?"

줄을 서면서 베일리가 물었다.

"응."

"오늘 좀 이상해."

"사랑에 빠졌어."

"아, 그러서? 누구랑?"

베일리가 코웃음을 쳤다.

"레인 헨네버거."

마치 개가 짖는 듯한 웃음소리가 베일리에게서 터져 나왔다.

"좋아, 좋아."

베일리가 머리를 흔들며 말했다.

"그러든지 말든지. 오늘은 피자다."

베일리는 그렇게 말하며 발돋움을 하고 자기 앞줄에 선 사람들의 어깨 너머를 바라보았다.

"페페로니 피자."

베일리가 덧붙였다.

머릿속으로 레인의 향수 냄새를 되살릴 수 있는지 알아보려고 두 눈을 감았다. 아니, 잘 안 된다. 하지만 생각만으로도 기분이 좋아졌다.

다시 눈을 떠 보니 베일리가 나를 빤히 쳐다보고 있었다.

"장난이지, 그치?"

베일리가 물었다.

"난 아주 심각해."

"그럴 리가."

"진짜야. 그녀를 사랑해."

"짜샤! 걔는 못생겼잖아."

이번에는 전혀 웃음기가 없었다.

"아냐. 너는 고등학교라고 불리는 이 작고 작은 사회의 편견에 사로잡혀 눈이 먼 거야. 그녀는 정말 매력적이야."

"걔는 뚱뚱해."

"내가 말했잖아, 아까도 말했지만 그건 선입관이야, 짜샤."

"너, 정말 갈 때까지 갔구나."

"내가 끝까지 가고 싶은 건 오직 레인 헨네버거뿐이야."

"너, 그럼······."

우리 근처에서 줄이 줄어들었지만 베일리는 움직이지 않았다. 무언가를 캐내고 말겠다는 듯 나를 뚫어져라 쳐다보았다.

"너, 그게 무슨 뜻이야?"

"무수한 그녀의 매력들을 확장시키는 데 내 자신을 던지겠다 이 말이야. 줄 움직인다, 베일리. 얼른 따라가."

베일리가 줄을 따라잡았다. 그러고는 몸을 돌려 다시 나를 보았다.

"그러니까······ 네 말은······ 걔랑 하겠다는 거야?"

"그것도 한 방법이지."

인간의 눈은 정말이지 감탄스럽다. 지금 베일리는 눈으로 나를 보고 있지만 그의 표정을 보면, 얼핏 봐도 딴 생각에 빠져 있다는 게 확실히 느껴지는데, 모르긴 해도 레인과 섹스를 하고 싶다는 내 생각과 자신이 지닌 유일한 정욕 충족의 수단(망가*와 로

---

*주로 폭력과 성적 내용을 많이 담고 있는 일본 만화

션 한 병)을 놓고 이리저리 재어 보는 중이리라. 언젠가 베일리는 방심하다가 현장에서 딱 걸린 적이 있었다. 그 후로 자중하다가 다시 고려중인 듯했다. 재고 중이랄까.

마침내 베일리의 초점이 다시 나에게로 돌아왔다.

"짜식!"

그는 이렇게 말하며 씩 웃었다. 그는 한 손을 위로 올려 손바닥을 내게 향했다.

베일리가 나의 탐구를 인정하고 받아들였으며, 내가 자신의 손바닥을 맞받아치기를 원하고 있다는 걸 알았다.

그래서 그렇게 했다.

"걔, 우리 집 도로 위쪽에 사는 거 알지?"

베일리가 말했다.

"알아."

나는 급식대를 따라 평평한 선반처럼 죽 늘어선 쇠철봉들을 내려다보았다. 쇠철봉의 번들거리는 빛이 나를 부르는 듯했다. 이제 곧 조리대 뒤에서 머릿수건을 두른 아주머니가 음식을 채운 식판을 나에게 건네주면 저 빛나는 구간으로 식판을 활주시켜 볼 생각이다.

그런데 문제는, 그래봤자 생각만큼 재미가 없을 것 같다는 점이다. 앞에는 베일리, 뒤에는 다른 남자애에게 둘러싸여 식판을 활주시킬 구간이 턱도 없이 짧았다. 내 바람은 식판을 쭉 밀어서 얼마나 멀리 가는지 알아보는 거였다.

걸음을 멈추고 베일리가 앞으로 갈 때까지 기다렸다.

"얼른 가."

뒤에 있던 남자애가 재촉했지만 베일리가 급식대 끝까지 가서 작은 초콜릿 우유병 하나를 집어들 때까지 참았다. 혹시 내 식판이 끝까지 밀려나 베일리의 손이 식판에 끼는 상황이 발생하면 안 되니까.

먼저 눈으로 거리를 쟀다. 식판 끝을 한 손으로 잡았다. 뒤로 살짝 당겼다가…….

슈욱! 단 한 번에 식판이 은빛 레일을 따라 날 듯이 질주했다.

"얘, 하지 마!"

머릿수건을 쓴 아주머니 가운데 한 사람이 소리쳤다.

식판은 베일리가 우유를 담는 바로 옆에서 멈췄다. 베일리는 쳐다보지도 않고 계속 앞으로 나아갔다.

"재밌냐?"

내 뒤에 있던 남자애가 느릿한 말투로 투덜댔다. 그렇다고 대답을 원한 건 아니었던 듯 바로 몸을 돌려 뒤에 있는 다른 남자애와 이야기를 시작했다.

베일리를 따라 한 테이블로 가서(베일리와 손은 항상 똑같은 자리에 앉았다.) 점심을 먹었다.

피자는 생각보다 맛이 없었다. 아, 질겨. 어쩌면 '고무 같다.'

는 말이 적당한 말일 거다. 피자 옆에는 알뿌리처럼 생긴 희끄무레한 물체 몇 개가 맑은 소스인지 즙인지에 담겨 있었는데, 한 입 먹어 보니 부드러우면서도 사각사각 씹히는 맛이 제법 괜찮았다.

"이건 뭐냐? 감자?"

베일리에게 물었다.

"설마…… 배야."

"맛있네."

"그래, 다행이다, 짜샤. 말해 줘서 고맙네. 야, 우리 엄마가 어제 '텍토닉 워리어즈 2'를 사 주셨거든. 학교 끝나고 해보자."

"좋아."

미끈미끈한 두 번째 배를 쫓아 이리저리 포크질을 하는데, 문득 한 가지 생각이 머리를 스쳤다.

"야, 제이슨도 해도 되겠다."

"어떤 제이슨?"

"제이슨, 내 동생."

"아, 그래."

베일리는 마지막 남은 피자 조각을 입 안에 쑤셔 넣었다.

"너, 뭐 동생 봐주기 같은 거 하냐?"

나는 고개를 저었다.

"봐주기에는 너무 나이가 많지. 그냥 제이슨이 '텍토닉 워리어즈'를 꽤 잘하거든. 1편이기는 하지만."

"좋아. 상관없어."

"너, 배 먹을 거냐?"

"아니."

"내가 먹어도 돼?"

베일리가 식판을 내 쪽으로 밀었다.

"다 먹어."

"고맙다."

나는 배를 하나씩 포크로 찍어 물을 뚝뚝 흘리며 내 식판으로 옮겨 담았다.

점심을 다 먹자, 우리는 식판을 들고 식당과 주방 사이에 있는 벽에 난 창구로 향했다. 확실히 효율적인 시스템이다. 남은 음식물과 컵에서 나온 얼음은 망을 씌운 커다란 쓰레기통에 쏟아붓고, 사용한 종이 제품은 다른 통에 버린 다음에 식판만 스테인리스 조리대에 올려놓았다.

"포크와 나이프는 통에 따로 담아."

머릿수건을 쓴 다른 아주머니가 화가 난 목소리로 말했다.

내 식판을 도로 꺼내 포크와 나이프를 빼낸 다음 비눗물이 가득한 네모난 통에 조심스럽게 담갔다. 그러고는 다시 식판을 조리대로 밀어 넣었다. 잠시 기다려 봤지만 아주머니는 고맙다는 인사를 하지 않았다.

이번에는 베일리가 자기 포크와 나이프를 막 비눗물 속에 담

그러고 하는데, 그러기도 전에 다른 남자애가 옆에서 어깨를 밀치고 들어왔다.

"비켜!"

그 바람에 베일리는 넘어지지 않으려고 발을 질질 끌어야 했다.

베일리를 밀친 그 애는 자기 식판을 툭 던져 놓고는 가 버렸다. 베일리는 아무 일도 없었다는 듯 하던 대로 마저 식판을 정리했다. 그 애가 제 친구들 무리를 향해 걸어가는 모습을 지켜보았다. 그는 '고통 유포자' 가운데 하나다. 저항하기 어려운 힘없는 약자들에게 고통과 불신, 자기혐오를 퍼뜨리는 그런 인간들. 어떤 고통 유포자는 고의로 그런 짓을 하지만 대부분은 생각이 모자라서 아주 당연하다는 듯 그런 짓을 한다.

나는 이러한 존재들을 수백, 아니 수천만도 넘게 목격했다. 그들 사후에 너무나도 음울한 영겁의 시간을 함께 지냈다. 자신들이 타인에게 입힌 상처에 대한 죄책감으로 한껏 내리눌린 상태로. 그러니까 그치들이 바로 이런 모습이란 말이지. 엷은 갈색 머리칼, 여드름 몇 개. 여태껏 본 수많은 남성들과 십 대들은 어깨가 넓고 당근처럼 아래로 갈수록 좁아지는 체형이었지만, 이 고통 유포자는(이름은 리드 맥고완이었다.) 오히려 음료수 캔처럼 생겼군.

나는 리드 자신에게도 그만의 걱정이 있다는 걸 알고 있다. 불안감 위에 쌓이는 불안감. 하긴 그를 딱하게 여겨야 한다.

하지만 이렇게 그를 보고 있으니 갑자기 피곤이 몰려왔다. 리드 같은 인간들은 죽어서 스스로를 괴롭히며 영겁의 시간을 보내는데, 그들은 아무리 기회가 있어도 너무나 아둔하여 스스로의 행동을 고칠 줄 모르기 때문이다.

문득 한 가지 생각이 머리를 스쳤다.

지금 이 육체 속에서, 드디어 이런 류의 인간들에게 제대로 영향을 끼칠 기회가 온 건지도 몰라.

그가 아직 육체 속에 있을 때 직접 얼굴을 보고 부딪쳐 보는 거야! 게다가 지금은 내가 말로 다가갈 수도 있잖아!

그래, 적절한 말 한두 마디면 다가올 영겁에서 고통받는 일이 없도록 우리 둘 모두를 구해 낼 수 있을지도 몰라.

"야! 리드 맥고완!"

내가 큰 소리로 불렀다. 리드가 주변을 둘러봤다.

"네 인생에나 신경 좀 쓰지. 그리고 충고 한 마디 하겠는데, 남들한테 이래라 저래라 하지 말고 매사에 감사하려고 애를 쓰도록 해. 그러다 보면 결국엔 너한테 다 좋은 일이 된다, 이 말이야."

리드의 입이 볼썽사납게 떡 벌어졌다. 그러더니 입을 다물었다.

"뭐?"

그가 물었다.

리드의 친구들이 하나씩 몸을 돌려 나를 뚫어져라 쳐다보았다. 내가 말을 이었다.

"나를 믿어. 남을 헐뜯는 데 그렇게 시간을 허비하다 보면 나중에 후회한다니까."

문득 내 말투가 숀과 다르다는 사실을 깨달았다.

"아님 말고."

나는 황급히 이렇게 덧붙이고 몸을 돌렸다.

베일리와 숀은 점심을 먹고 나면 항상 밖으로 나갔다. 우리가 식당을 가로질러 밖으로 향하는데 베일리의 얼굴에 뻔히 알고도 남을 만한 표정이 떠올랐다.

'너, 미쳤냐?' 이런 뜻이었다.

그렇지만 아무 말 없이 나와 함께 문을 통과해서 밖으로 나왔다. 식당 밖에는 학생들이 여기저기 무리지어 모여 있었다.

아스팔트로 이어지는 콘크리트 계단을 내려오면서 베일리가 말했다.

"다음에 자살하고 싶으면 제발 내가 옆에 있을 때는 그런 짓 하지 말……."

그때 어깨에 손이 느껴졌다.

"어이, 또라이."

리드가 내 몸을 자기 쪽으로 휙 돌려세우며 말했다.

나는 그의 상투적인 수법을 잘 알고 있다. 그는 감시가 덜한 식당 밖으로 나를 따라 나온 거였다. 여기서는 몸으로 위협하기가 훨씬 더 쉬울 테니까.

이 얼마나 시간과 에너지의 낭비란 말인가.

'그래, 참자. 이해하자. 그의 행동 뒤에는 두려움이 도사리고 있는 거야.'

나는 속으로 중얼거렸다.

그가 지닌 불안감의 대부분은 아주 사소하고 정상적인 거였다. 하지만 특별히 내가 도와줄 수 있는 게 딱 하나 있긴 했다.

"두려워할 필요 없어."

조용히 말하려고 조심하며 내가 그에게 말했다. 남들 귀에 들어가 봐야 좋을 게 없는 얘기라는 것쯤은 나도 잘 아니까.

"아, 그래?"

그가 웃음을 터뜨렸다. 아니, 정확히 말하면 웃음과 비아냥의 중간 지점쯤?

"내가 뭘 두려워하는데? 너?"

"아니."

내가 여전히 아주 작은 목소리로 말했다.

"니 작은 음경 말이야."

베일리가 내 말을 들었다. 베일리는 두 눈이 동그래져서 흰자위가 다 드러났다.

리드의 얼굴도 새하얗게 질렸다.

하지만 나는 그를 잘 안다. 그는 혼자서 자로 재고 또 재 보고, 성기 크기에 대한 정보를 찾아 인터넷을 헤매다 못해 성적인 목적이 아니라 단지 비교해 보려고 포르노를 본다는 것도 나는 잘 알고 있었다.

나는 그를 안심시키려고 한 마디 덧붙였다.

"사실 두려워할 필요 하나도 없어. 니 음경 말이야, 축 늘어져 있을 때는 다른 사람들보다 작을지 몰라도 발기하면 보통은 되니까. 그러니까 이렇게 난리칠 필요가……."

바로 그때, 리드의 주먹이 나에게 날아왔다.

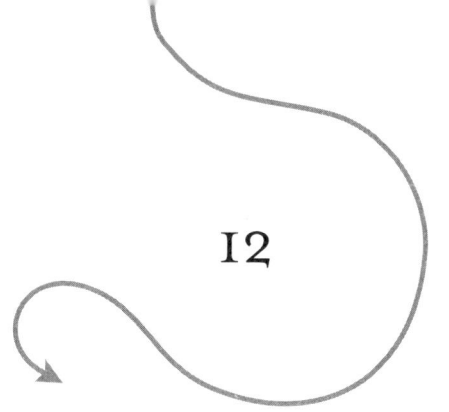

12

"한 대만 맞은 걸 다행으로 알아."
그날 오후 버스를 타고 집으로 가며 베일리가 내게 말했다.
"한 대도 엄청났지."
내가 동의했다.
"니가 납작 엎드려 있어서 그런 것 같아. 똑똑한 선택이었어. 잘 생각했어, 짜샤."
"그래."
똑똑한 선택이었다거나 아니면 무슨 생각이 있어서 엎드려 있었던 게 아니었다. 너무나 아파서 그랬다.
보통은 정신적인 고통이 육체적인 고통보다 심하다고들 하는데, 정신적인 고통이 더 오래간다는 데는 동의하겠다. 하지만 리드의 주먹이 나를 강타한 순간은 여태껏 내가 느꼈던 그 어떤 고통보다 훨씬 더 강렬했다. 만일 무한한 감정적 고통이 한순간으로 집약될 수 있다면 아마도 리드 맥고완의 오른손 훅과 상당히 흡사하지 않을까.

도대체 내가 왜 상관했는지 모르겠다. 내가 왜 그 자신이 선택한 길을 버리고 다른 길로 가게끔 할 수 있을 거라고 생각했을까? 나는 가르치지 않는다. 영향을 끼치지 않는다. 남에게 상관하지 않는다.

내 일은 지시를 받고 반영할 뿐이다.

나는 지금 반영하고 있는 게 아니라 동화되고 있다. 이 얼굴은 더 이상 숀의 얼굴이라고 부를 수가 없다. 숀의 왼턱에 느껴지는 쓰리고 지끈거리는 고통은 나의 것이다. 나의 신경말단들이다. 부어오른 입술은 나의 것이다.

이 육체는 나의 것이다.

그럼에도 내가 리드와 부닥친 문제는 손답지 않은 행동이라는 걸 인정해야만 했다. 나는 숀처럼 쥐죽은 듯 살아야만 한다. 아직 위쪽의 시선을 끌지 않은 게 천만다행이다.

분란을 일으키면 일으킬수록 나는 더 빨리 여기서 끌려 나갈 테니까.

좀 더 조심해야 한다. 최대한 길게 이 애송이를 물고 늘어져야만 한다.

"같이 내릴래?"

베일리가 물었다.

그의 질문 속 빈 공백들을 채우는 데 시간이 좀 걸렸다. 베일리가 진정 내게 묻고 싶은 건 이거였다.

'네가 내릴 정류장까지는 반 블록밖에 안 남았어. 너, 아직도 학교 끝나고 비디오 게임하러 우리 집에 가고 싶은 거면 먼저 너희 집에 들렀다가 우리 집에 올 거야, 아니면 나랑 같이 버스에서 내려서 곧장 우리 집으로 갈래?'

"집에 가서 제이슨한테 갈 생각이 있는지 먼저 물어봐야겠어."

내가 베일리에게 대답했다.

"아, 그래."

처음에는 베일리 생각을 많이 하지 않았지만(그럴 만한 이유도 없었다.) 지금은 베일리가 좋아지기 시작했다. 처음에는 무조건 반대하며 부정적인 반응을 보였지만, 이후 베일리는 기꺼이 새로운 관점에서 레인 헨네버거를 보려고 노력했다. 리드가 밀쳐댈 때도 화를 내지 않았다. 지금은 제이슨을 데려온다고 해도 이러거나 저러거나 개의치 않았다. 확실히 마음 편한 친구다. 그는 자신 앞에 무슨 일이 닥치든 기분 좋게 받아들인다.

그리고 보니 손이 마음만 먹었다면 제이슨을 끼워 줄 수도 있었을 텐데.

버스가 정류장에 끼익하며 멈추자, 내 등이 순식간에 좌석 뒤로 확 젖혀졌다.

"있다 보자."

베일리가 일어나서 앞으로 나갔고 버스 계단 아래로 사라졌다. 내가 쳐다보고 있었지만 돌아보거나 손을 흔들지 않았다. 그는 당연히 손이 거기에 있다고 생각했고, 늘 거기에 있을 거라고 여겼다.

인간들은 너무나 많은 걸 당연히 여긴다.

나는 정류장에서 집까지 뛰어가기로 했다. 버스가 출발하자, 보폭을 늘려 점점 빠르게 걷다가 나중에는 조깅이라고 부르는 게 자연스러운 수준에 이르렀다. 책가방은 불안정하게 흔들렸고, 숨 쉬는 게 점점 더 가쁘고 빨라졌지만 속력을 줄이지 않고 한계에 이를 때까지 다리 근육을 뻗었다 접었다를 반복하며 그 느낌을 만끽했다.

기분이 좋다.

대략 10초쯤. 그러자 폐에 산소가 부족해졌다. 가슴속에 커다란 돌멩이 하나가 생긴 듯하다. 다리가 느려지고 숨이 헐떡거렸다.

공기가 얼마나 달콤한지 그제야 알았다. 사막으로 물이 흘러들 듯 내 몸 속으로 공기가 밀려 들어왔다.

집 안으로 들어서자, 세이슨의 가방이 현관문 옆 바닥에 놓여 있었다. 제이슨이 두고 간 숙제는 여전히 탁자 위에 놓여 있었다. 뒤적거리는 소리가 나는 걸 보니 제이슨은 주방에 있는 게 분명했다.

나는 제이슨이 깜빡한 숙제를 들고 주방으로 들어갔다. 조리대에 서서 '칩스 아호이!'라고 쓰인 과자 봉지를 뜯고 있는 제이슨을 발견했다.

과자다!

"너, 아침에 이거 두고 갔더라."

내가 종이를 내밀며 말했다.

제이슨은 과자를 입 안에 밀어 넣으며 주변을 둘러보았다. 그는 자기 숙제를 보고 약간 어리둥절한 듯했지만 그냥 어깨만 으쓱했다.

"알게 뭐야!"

제이슨은 과자를 우적우적 씹으며 이렇게 툭 내뱉었다.

과자 봉지에서 달콤한 냄새가 풍겼다. 봉지에는 빨간색으로 '먹을 때마다 씹히는 풍부한 초콜릿!'이라고 적혀 있었다.

"먹어도 되냐?"

내가 제이슨에게 물었다.

"아니."

실수다. 손이라면 절대로 묻지 않았을 거다. 손은 제이슨의 목에다 헤드록을 걸지언정 묻지 않고 빼앗아 갔을 거다.

제이슨에게 헤드록을 걸 마음은 없었지만 과자는 너무너무 먹고 싶었다.

그런 생각을 하는데, 제이슨이 "입술은 왜 그래?" 하고 물었다.

"신경 꺼."

잽싸게 손을 뻗어 봉지를 움켜쥐었다. 제이슨이 후다닥 봉지를 빼냈지만 그 와중에 과자 서너 개가 조리대로 떨어졌다. 제이슨이 봉지를 챙겨 조리대를 빠져나가는 사이에 얼른 과자 하나를 집었다.

와, 맛있다! 오도독 씹히는 첫 맛. 작은 조각들이 혀에서 살살 녹는다.

"베일리한테 '텍토닉 워리어즈 2'가 있대. 조금 있다 가서 할 건데, 같이 갈래?"

'텍토닉 워리어즈 2'라는 말에 제이슨의 눈이 나에게 꽂혔다. 그러더니 다시 눈을 가늘게 떴다.

"왜?"

제이슨이 물었다.

"재밌으니까."

"장난하지 마. 나한테 왜 묻냐구?"

"네가 좋아할 것 같아서."

제이슨의 얼굴 위로 몇 가지 감정이 휘리릭 지나가는데, 너무나 빨라서 다 따라잡기가 힘들었다.

"아니, 됐어. 멍청아."

그러더니 결국 이렇게 말했다. 목소리에는 경멸감이 뚝뚝 묻어났다.

다시 과자를 하나 집어 입에 넣었다. 이번에는 씹지 않고 침으로 녹여 보았다.

재미없군. 씹는 게 낫다.

씹으려면 조심해야 했다. 아랫입술이 조금 쓰라렸다.

제이슨이 주방 맞은편에서 나를 쳐다보았다.

"넘어진 거야, 뭐야?"

잠시 생각에 잠겼다. 숀이라면 아마 닥치라며 쏘아붙이거나 '너나 잘하세요.' 라고 했을 테지.

"리드 맥고완한테 맞았어."

내가 제이슨에게 말했다.

"리드 맥고완? 돈 때문에 벽돌담을 주먹으로 쳤다는 그 자식?"

"어."

제이슨이 고개를 흔들었다.

"머저리."

"나 아니면 리드 맥고완?"

"형! 이 바보야! 그 자식이랑 싸웠다고?"

"아니. 그냥 열 좀 받게 했지."

제이슨이 봉지를 뒤적거려 과자를 하나 꺼냈다. 입 속의 과자를 다 삼키고 조리대 위에 남은 마지막 과자로 손을 뻗었다.
"어떻게 열 받게 했는데?"
제이슨이 물었다.
"걔 음경이 작다고 했거든."
제이슨의 웃음소리는 마치 너무 웃는 일이 드물다 보니 녹이 슬어버린 듯 꽤나 거슬렸다.
"리드 맥고완의 거시기가 콩알만 하다고 했단 말이야?"
"아니. 음경이 작다고 했지."
"세상에. 형을 살려 둔 게 믿기지가 않는다. 왜 그런 말을 했는데?"
나는 어깨를 으쓱했다.
"미쳤어."
제이슨이 다시 한 번 고개를 흔들며 말했다. 하지만 그는 웃고 있었다. 제이슨의 감정 변화를 따라가기가 힘들다.
"자, 다 먹어."
제이슨이 과자를 봉지째 조리대 위로 툭 딘지더니 거실로 나갔다.
과자 여섯 개를 꺼내 셔츠 주머니에 집어넣고 과자 봉지는 둥글게 말아 끝을 봉해 두었다. 봉지를 찬장에 집어넣는데, 제이슨이 어젯밤 숙제를 또다시 식탁에 두고 간 게 눈에 띄었다.

숙제를 집어 들고 거실로 나왔다.

제이슨은 거실에 없다. 나는 거실 바닥 한가운데 서 있었다. 어디로 갔을까? 제이슨은 항상 들어와서 간식을 먹고 텔레비전 앞에 앉곤 했는데.

복도 끝에서 어렴풋이 윙윙거리는 소리가 들려왔다.

욕실 환풍기 소리다. 제이슨은 욕실에 있었다.

제이슨의 숙제를 탁자에 두려다가 제이슨이 이미 탁자에다 놓고 깜빡했고 식탁에서도 또 잊어버렸으니, 세 번째라고 해서 또 잊지 말라는 법이 없다.

제이슨 책가방의 지퍼를 열고 숙제를 집어넣을 폴더를 찾아 종이 뭉치와 표지가 지저분한 교과서들을 뒤적거렸다. 한가운데에 닳아빠지고 솔기가 다 뜯어진 영어 폴더가 보였다.

폴더를 꺼내 제이슨의 숙제를 대충 끼워 넣고는 도로 가방 안에다 쑤셔 넣었다. 그런 다음 가방의 지퍼를 잠그고 원래 제이슨이 두었던 자리에 놓았다.

숀의 방으로 가려고 복도를 지나는데, 제이슨이 욕실에서 나왔다.

"베일리 형네 집에 나도 같이 갈까 봐."

제이슨이 지나가며 말했다.

속으로는 기뻤지만 아무런 대꾸도 하지 않았다. 숀이라 해도 당연히 대꾸가 없었겠지만 여러 면에서 내가 숀의 행동 경계를 무너뜨리고 있는 건 아닌지 여전히 마음이 어둡기만 했다.

책가방을 방에다 놓고 나왔을 때, 제이슨은 소파에 앉아 있었다. 거실이 뭔가 달라 보였다. 나는 이유를 알아보려고 거실을 죽 둘러보았다.

텔레비전이 꺼져 있었다. 텔레비전이 꺼져 있으니 소음도 없고 번쩍이는 움직임도 없었다. 오로지 제이슨만이 침묵 속에 앉아 기다리고 있었다.

제이슨의 두 손은 무릎 위에 놓여 있었다. 나에게 시선을 던졌지만 일어서지는 않았다.

"갈까?"

내가 그에게 물었다.

제이슨은 재빨리 고개를 까딱하고는 일어섰는데, 입은 자물쇠처럼 앙다문 상태였다.

현관문을 여는데, 제이슨이 머뭇거리며 내 쪽으로 왔다.

"떨리냐?"

내가 물었다.

"아니."

여전히 경멸조다. 하지만 더는 아무 말도 하지 않았다. 아마도 거짓말을 하고 있는 듯하다.

제이슨과 어울린다는 건 정말로 손답지 않은 행동이다. 제이슨은 아마도 무슨 속임수가 있는 건 아닌지 염려하는 눈치였다.

"걱정 마. 그냥 비디오 게임 하러 가는 거야."

내가 제이슨에게 말했다.

제이슨은 다시 한 번 나에게 의심스런 시선을 던졌다. 아무 말은 없었지만 베일리네 집으로 가는 내내 나한테서 서너 발자국쯤 떨어져서 걷고 있다는 사실을 눈치챘다. 딱 팔을 뻗을 정도의 거리만큼. 그리고 내가 베일리네 집 현관 앞에 서서 초인종을 누를 때에도 망설이며 인도에서 어정거렸고, 베일리의 어머니인 다넬 부인이 들어오라고 할 때에도 제이슨은 인사조차 하지 않았다.

제이슨은 베일리의 방으로 가서 다함께 바닥에 앉아 손에 조종기를 쥘 때까지도 안심이 되지 않는 눈치였다. 하지만 이내 그의 몸은 게임에 집중하느라 경직되었고, 오직 두 엄지손가락과 나머지 손가락들만 바쁘게 움직였다.

손은 이 게임을 좋아했겠지만 나는 그다지 재미가 없었다. 알록달록한 색깔의 버튼과 화면에 나타나는 움직임들이 다소 신나기는 했지만 베일리의 방을 둘러보는 게 훨씬 재미있었다. 손의 방과는 달랐다. 베일리 방에는 책으로 가득한 책장이 있었는데 같은 색깔의 책이 많았고, 책등에는 번호가 적혀 있었다. 벽에는 비디오 게임 광고지와 눈이 왕방울만 한 만화 속 캐릭터들이 칼을 비롯한 다양한 무기를 들고 있는 포스터들이 붙어 있었다. 구석에는 앰프와 연결된 기타 한 대가 세워져 있었는데, 손의 기타와는 달리 먼지가 쌓여 있지 않았다. 베일리는 꽤 자주 기타를 연주했다. 그의 방은 손의 방보다 훨씬 깔끔해서 바닥에는 옷이 하나도 없었고, 침대도 정리가 잘 되어 있었다.

그래도 아직까지는 버튼을 누르며 게임에 집중하려고 애를 썼다. 손이라면 그랬을 거다.

"게임 오버."

텔레비전 방향에서 단조로운 목소리가 흘러나왔다. 내 조종기를 내려놓았다. 베일리 역시 조종기를 내려놓고 기지개를 켰다. 제이슨만 전투 준비 상태로 남아 있었다.

"제이슨, 잘하네."

베일리가 화면 위로 반짝이는 통계 자료를 보며 다분히 객관적인 어투로 말했다. 그러면서 친근한 어투로 곧바로 이렇게 놀려 댔다.

"그런데 손, 너는 정말 꽝이다."

"아, 뭐, 그러니 어쩌겠냐."

나는 대답하며 등을 대고 누워 온몸을 쫙 뻗었다. 드러난 팔과 손에 닿는 베일리의 카펫은 몹시 부드럽고도 두터웠다. 언젠가는 이 카펫 위에 발가벗고 누워 보고 싶다는 생각이 들었지만 어림없는 얘기겠지.

대신 두 팔을 카펫에 대고 파닥파닥 움직였다. 다음엔 발도 그렇게 해보고, 팔과 같이 움직였다가 가위처럼 따로따로 움직여도 보았다.

"봐, 내가 카펫 천사를 만들었어."

내가 말했다.

"하, 천사라니!"

낄낄 소리가 절로 나왔다. 내가 농담을 지어냈다. 그것도 웃긴 걸로.

베일리는 그저 고개만 내저었다.

"숀, 네가 고를 차례야."

"제이슨이랑 둘이서 잠깐 해. 나는 네 책들 좀 볼게."

"너, 망가 싫어하는 줄 알았는데?"

숀은 망가를 싫어했다. 하지만 나는 육신의 눈으로 직접 보고 싶었다. 화려한 색깔들이 나를 사로잡았다.

"나도 금방 할게."

나는 이렇게 말하고는 둘이서 다시 게임을 시작하는 동안 자리에서 일어나 베일리의 책장을 살펴보았다.

얼핏 보기에는 순서대로 완벽하게 정렬이 된 듯 보이지만 자세히 들여다보면 드물게 몇 권은 순서가 바뀌어 있었다. 뒤바뀐 책들은 대개 해지고 책등이 닳아 있었다. 베일리가 어떤 책을 가장 많이 읽었는지, 따라서 어떤 책을 가장 좋아하는지도 알 수 있었다.

해진 책들 가운데 하나를 뽑아 들고 훑어보기 시작했다. 다양한 펜의 기법을 본다는 건 흥미로웠다. 두꺼우면서 고른 선은 가

늘면서 흔들리는 선보다는 약간 다른 감정적 반응을 재현한다. 망가 속 소녀들은 비정상적으로 다리가 길고, 지극히 크고 동그란 눈과 머리를 지닌 점만 빼면 손의 스포츠 잡지에 나오는 완벽한 여자들을 연상시켰다.

책을 도로 꽂아 놓고 베일리의 책장에 있는 다른 물건들을 눈으로 좇았다. 조잡하게 얼굴 모양을 새긴 코코넛이 하나 있었는데, 뚜껑도 코코넛이었다. 털이 많고 거칠거칠했다. 얼굴 옆에는 '슐리터반 워터파크' 라는 글자가 불로 새겨져 있었다. 텅 빈 코코넛 안에는 동전이 많이 들어 있었고, 지폐도 몇 장 있었다. 나는 킁킁거리며 냄새를 맡아 보았다. 달착지근한 곰팡이 냄새가 났다.

선반 모서리에는 굵은 구슬 다발로 만든 목걸이들이 걸려 있었는데, 보라색이나 금색, 아니면 초록색으로 꼬인 가닥들이 하나같이 반짝반짝 빛이 났다. 손을 뻗어서 직접 만져 보다 손가락 사이로 느껴지는 구슬의 감촉에 완전히 매료되고 말았다. 구슬들은 미끄러지듯 움직이며 딸카거리기도 하고 달그락거리는 소리도 냈다. 구름인 양 물인 양, 그리고…… 그 무엇인 양. 겨우 구슬을 만지면서 뭐가 그리 좋은지 도무지 알 수는 없었지만 난 진짜로 그것들을 어루만졌다. 그런 다음 좀 더 바싹 다가가서 이번에는 얼굴에 대고 구슬들을 문질러 보았다. 손으로 만질 때와는 또다른 느낌이었다. 얼굴에 대 보니 구슬들은 정말…… 울퉁불퉁했다.

 불현듯 내가 너무나도 손답지 않다는 걸 깨닫고는 뜨끔한 눈길로 얼른 주변을 살폈다.

 다행히 제이슨과 베일리는 여전히 게임에 빠져 있었다.

 나는 아쉽지만 구슬에서 손을 떼어 소리 없이 매달린 구슬들을 뒤로 하고 다른 물건들을 구경하려고 몸을 움직였다.

 다른 선반에는 사진들이 많았다. 맨 위 사진은 베일리가 케이크가 놓인 탁자에 기대고 서 있는 모습이 찍혀 있었다. 케이크에 꽂힌 촛불들을 막 불어서 끄려는 듯 보였다. 생각해 보니 그의 최근 생일 장면이었다.

 그 사진을 들어 올렸다. 그 밑의 사진에도 베일리가 있었는데, 아까 그 사진을 찍고 나서 곧바로 찍은 사진이 분명했다. 그런데 이 사진은 조금 다른 각도에서 찍어 옆에 앉은 숀의 모습도 보였다.

 숀은 특별히 무엇을 하고 있지는 않았다. 카메라도 제대로 보지 않고 그냥 앉아서 의자에 등을 기댄 상태였다. 얼굴에 희미하게 미소를 짓고 있었는데, 케이크를 기다리는 사이 베일리가 웃기고 돌아다니는 걸 구경하는 듯했다.

 다음 사진을 보았다. 숀은 겨우 손만 보였다. 탁자에 손을 걸치고 있었는데, 다시 생각해 보니 자기 손을 알아보는 사람이 있을 거라고는 생각지도 않았던 듯싶다.

나는 확실히 알아챘다.

내 손을 들어 바라보다 다시 그 손을 바라보았다. 사진 속의 손과 똑같았다. 숀이 자기 손을 봤다면 지금처럼 이렇게 봤을까? 그날 베일리네 집에서 무슨 생각을 하고 어떤 감정을 느꼈을까?

그것들은 내가 가지지 못한 기억이다. 그 기억은 숀의 두뇌 속 어딘가, 내가 점유자의 권리로 획득한 회백질의 층 안쪽에 숨겨져 있겠지. 하지만 나에게는 그 기억을 열 열쇠가 없다.

숀은 가고 없다. 아무도 모르고 있지만 그는 더 이상 여기에 존재하지 않는다.

불현듯 뭔지 모를 감정이 내 안에서 일어났고, 살면서 거의 매 순간 느껴왔던 감정인데도 너무나 이상해서 처음에는 그게 뭔지 알아채지 못했다. 그것은 마치 삐죽삐죽하고 납덩이같이 무거운 바위처럼 내 몸 속으로 비틀거리며 들어와 온몸을 후회와 외로움과 잃어버린 기회들로 가득 채웠다. 이 감정을 남을 통해서가 아니라 스스로 느낀 적은 이번이 처음이다.

사진들을 내려놓고 돌아섰다. 숀의 상실로 인해 슬픔을 느끼고 싶지 않았다. 죄책감을 느끼고 싶지도 않았다. 나는 하고 많은 것들 중에서 죄책감처럼 무의미한 게 없다는 걸 잘 알고 있다. 내가 끼어들었든 끼어들지 않았든 숀은 죽을 운명이었다. 내가 취한 그의 마지막 순간들은 어차피 고통 아니면 무(無)로 채워졌을 것이다.

돌아와 제이슨과 베일리의 옆자리에 앉았다. 아무 말도 않고, 아무 짓도 않고 그냥 숀의 남동생과 가장 친한 친구를 바라보았다. 숀 시몬스가 남긴 것이라고는 사진 몇 장과 텅 빈 공간뿐이라는 걸 전혀 모른 채 둘은 신나게 게임에 빠져 있었다.

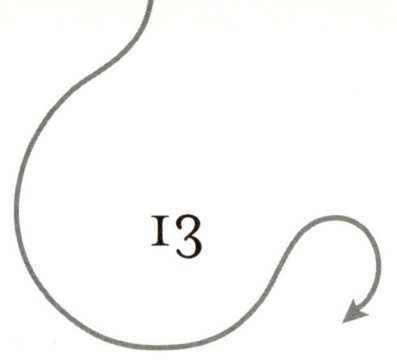

13

"재밌었냐?"

집으로 걸어오면서 제이슨에게 물었다.

"괜찮았어."

이 말은 제이슨이 즐겁게 놀았다는 뜻이다. 재미가 없었다면 비아냥거리지 않았을까? 아니면 "짜증나." 이렇게 퉁명스럽게 말했을 거다.

그래도 확신이 서지는 않았다.

"내일 또 하고 싶냐?"

제이슨을 떠보려고 이렇게 물었다. 제이슨이 행복하다고 생각하면 기분이 좋다.

나로 인해 다른 누군가의 감정이 바뀔 수 있다는 사실을 생각하면 정말로 기분이 좋다.

"그러든지."

어깨를 으쓱하며 제이슨이 대답했다.

나는 속으로 생각했다. 정말 좋았구나. 완전히 확신은 못하겠지만.

집으로 돌아와 숀의 숙제를 하기로 했다. 제이슨이 텔레비전을 켜는 동안 곧장 숀의 방으로 갔다.

방으로 들어서자마자 침대 위에 앉아 있는 피너츠가 보였다. 이상한 모습으로 앉아 있어서 꼭 발이 하나도 없는 듯했다. 네 다리를 모조리 몸 밑으로 밀어 넣고 있었다. 꼭 고양이 머리가 달린 뭉텅이 같았다.

계획대로라면 문 옆에 놓인 숀의 가방으로 바로 손을 뻗었겠지만 대신 천천히 몸을 움직였다. 손끝에 깊게 베인 상처가 아직도 쿡쿡 쑤신다.

피너츠가 싫어할 듯해서 말도 붙이지 않았다. 피너츠가 싫어할 만한 건 아무것도 하고 싶지 않았다.

베일리의 방에 있던 사진들이 생각났다. 피너츠는 내가 사기꾼이라는 사실을 알고 있다. 내 동기가 뭐였든, 내가 해를 끼치든 안 끼치든 개의치 않았다. 내가 도둑이라는 사실을 알고 있을 뿐이다.

잠깐 기다려 봤지만 공격하지는 않았다.

그렇다고 도망가려고 움직이지도 않았다.

피너츠를 내 편으로 끌어들이면 좋을 텐데. 어쨌든 시도는 해 보고 싶었다. 하지만 눈도 깜박이지 않고 나만 뚫어져라 쳐다보고 있는 모습에서, 연녹색 눈동자 속 길쭉한 검은 동공 속에서 나를 비난하는 마음이 느껴졌다. 창조주의 뜻을 거스른 데 대해. 우주에서 지정된 내 영역을 벗어난 데 대해.

고양이와 눈을 맞추기가 힘들었다.

조심스레 방을 빠져나왔다.

피너츠는 그저 심오한, 승리자의 눈으로 나를 지켜보았다.

그날 저녁에 숀의 엄마는 집으로 맥도날드를 포장해 왔다. 나는 치즈버거와 감자튀김, 그리고 콜라를 먹었다. 이번에는 케첩이 병이 아니라 조그만 은박 포장에 담겨 있었는데, 포장마다 귀퉁이에 점점이 점을 찍어 놓았다. 그리고 작은 글씨로 '찢는 곳'이라고 적혀 있었다. 케첩을 나오게 하려면 귀퉁이를 찢고 나서 포장을 거꾸로 뒤집어 꽉 짜내야 했다.

너무 세게 짜거나 입구를 너무 작게 찢으면 케첩이 엉뚱한 방향으로 튄다는 사실을 알았다. 처음에 이런 식으로 했다가 케첩이 셔츠로, 식탁 위로, 그리고 제이슨의 팔에까지 튀어 버렸다.

"조심해."

제이슨이 투덜댔다.

"미안."

내가 사과했다. 내 셔츠에 묻은 케첩을 혀로 핥아먹었다.

숀의 엄마가 질겁하며 "숀!" 하고 소리를 쳤고, 동시에 제이슨은 "역겨워."라고 말했다.

알았어. 핥지 말라는 거군.

대신 냅킨 한 장을 집어 케첩을 북북 문질러 닦아 냈다. 이게 웬 낭비람.

숀의 엄마는 플라스틱 용기에 담긴 샐러드를 먹었다. 아삭아삭, 맛있어 보였다. 같은 초록색이라도 서로 조금씩 달랐고, 몇 개는 동그란 모양의 보라색과 주황색이었다. 그리고 작고 빨간색의 동그란 모양 몇 개가 여기저기 흩어져 있었다.

그녀는 케첩 포장보다 더 큰 봉지를 꺼냈다. 그 봉지에는 남자 얼굴이 그려져 있었는데, 점이 찍힌 선이 금방 찢어졌다.

"제이슨."

그녀가 그 봉지 안에 든 하얀색의 끈끈한 물질을 채소 위로 짜면서 가볍고 경쾌한 목소리로 제이슨을 불렀다.

"저녁 먹고 카메론한테 전화해서 놀러 오라고 하지 그러니?"

숀의 엄마는 벌써 몇 년째 제이슨에게 친구가 없다 보니 걱정이 이만저만이 아니었다. 그녀는 제이슨 반 남자애들을 놀러 오게 해서 아이들을 맡아 주곤 했다. 그렇다고 반대로 제이슨을 초대해 주는 집은 드물었다. 자기네 집으로 초대할 만큼 제이슨을 좋아하는 애는 아무도 없었다. 몇몇 부모들은 자기 아이들에게 초대를 받았으니 초대해야 한다고 말하기도 했지만, 그러면서도 제이슨이 아이들과 눈을 마주치려 하지 않는데다가 장난감을 부러뜨리고 과자를 먹고 나서는 아무렇지도 않게 빈 봉지를 아무 데나 버린다고 불평했다.

제이슨은 지금 열세 살이다. 엄마가 나서서 사회생활을 조종하기에는 너무나 커 버렸다. 그런데도 그녀는 그렇게 해 주고 싶어 안달했는데, 용기를 북돋워 주려고 애를 쓰는 그녀의 목소리만 들어도 충분히 알 만했다. 그녀가 제이슨에게 거듭 권했다.

"그럴래?"

나는 케첩이 잘 묻도록 감자튀김을 케첩에 넣고 휘저었다. 그녀가 말하는 카메론이라는 애는 세 집 아래에 살고 있는 제이슨 또래의 남자애다. 내 생각에는 그 애한테 전화한다면 엄청나게 실수하는 거다. 카메론은 고통 유포자다. 그런 애한테 제이슨 같은 애들은 간식거리도 되지 않는다.

제이슨은 반대 의사를 분명히 했다.

"싫어."

"왜 싫은데? 괜찮아 보이던데."

숀의 엄마가 포장 봉지를 빈 비닐 봉투 안에 집어넣었다.

"나한테 지우개를 던졌어."

숀의 엄마가 작은 플라스틱 포크로 능숙하게 샐러드를 휘저어 양상추를 뒤집었다. 나는 제이슨처럼 케첩을 내 감자튀김 옆에다 짜 놓았는데, 위에다 직접 뿌려서 포크로 섞어 먹을 걸 후회스러웠다.

그런데 아뿔싸, 포크가 없구나. 포크는 샐러드에만 따라오는 거였다.

그냥 계속 케첩에 찍어 먹었다.

"그건 삼 학년 때 얘기잖니. 한 번 더 기회를 줘야지."

숀의 엄마가 하는 말이 들렸다.

제이슨과 나는 둘 다 카메론에게 다시 기회를 주어서는 안 된다는 걸 잘 알고 있다. 카메론은 놀러 오기를 거절한 테고, 이튿날 학교에 가면 감히 자기를 불렀다고 놀려 댈 게 분명하다.

물론 나는 이런 말을 할 수가 없었다. 제이슨은 "싫어."라는 말만 되풀이했다.

숀의 엄마는 고개를 끄덕였고, 포크로 샐러드를 뒤섞는 데 완전히 몰입해서 이제는 용기 안에서 양상추가 놀라운 속도로 휙휙 튀어 올랐다.

그녀는 포기하지 않고 다시 한 번 물었다.

"베니는 어떠니?"

베니는 몇 블록 떨어진 곳에 살고 있다. 그는 부모님 면전에서 욕을 내뱉고, 공격 대상 목록을 만들고, 인터넷에서 폭탄 제조법까지 검색하는 애였다.

손의 엄마가 그런 사실을 알 리가 없다. 베니의 엄마가 사친회 회장인 것만 보고 베니가 단정한 아이일 거라 여겼다.

"하기 싫어."

제이슨이 다시 한 번 말했다. 말하기 싫을 때마다 써먹는 제이슨 식 대답이다.

손의 엄마는 한숨을 내쉬었다. 걱정이 많은 모습이다. 그녀가 안 됐다는 생각이 들었다. 진정으로 아들을 염려하면서도 어떻게 도와줘야 할지 전혀 실마리를 찾지 못하고 있었다.

생각해 보니 제이슨의 교우 관계를 개선하기 위해 나한테 썩 괜찮은 방법이 하나 있기는 하다. 베일리네 집에서 멀지 않은 곳에 8학년* 남자애가 사는데, 그 애도 수줍음이 많고 비디오 게임을 좋아하며 남들과 잘 어울리지 못한다. 꼭 제이슨처럼. 아마 서로에게 좋은 친구가 될지도 모른다.

서로 친구가 될 수 있도록 둘을 누가 어떻게 만나게 해 줄까 하는 문제에 대해서는 한 번도 정식으로 생각해 본 적이 없긴 하다. 특히나 둘 다 말이 없고 눈 맞추기도 피하는 성격이라면.

"제이슨, 힘들다는 건 잘 알지만 엄마는 네가 가끔씩은 나가서 어울리고 했으면 좋겠어."

손의 엄마가 말했다.

---

*8학년은 우리나라로 치면 중학교 2학년이다.

"나갔어."

제이슨이 마지막 남은 더블 치즈버거를 입에 한가득 문 채 대답했다.

"입에 음식이 있을 때는 말하지 마. 뭐라구?"

제이슨이 햄버거를 씹어 삼켰다.

"나가서 어울렸다구."

제이슨이 의자를 뒤로 밀었다.

"언제 그랬는데?"

"학교 끝나고."

"먼저 일어서려면 말을 해야지."

"가 봐도 돼?"

"그래. 그런데 무슨 말이니? 나가서……."

이미 늦었다. 제이슨은 사라져 버렸고, 그녀는 텅 빈 주방 입구에 대고 말하고 있었다.

"어울렸다는 게?"

그녀의 말이 사그라졌다. 단지 한 마디뿐이었지만 제이슨이 평소와는 다른 말을 썼을 때는 행여 무슨 다른 뜻이 있는 건 아닌지 무척이나 혼란스러운 눈치였다.

저러다가는 제이슨을 쫓아가 들들 볶아 한 마디 한 마디 해명을 받아 내야만 직성이 풀릴 거다.

"나랑 같이 베일리네 집에 갔었어."

내가 대신 설명했다.

"아."

그녀는 당황스러워했다.

"왜?"

"내가 그러자고 했어."

"네가 너랑 베일리하고 같이 놀자고 제이슨을 불렀다구?"

"응."

그녀는 내 얘기를 되새기는 듯했다.

"어디 가면 간다고 엄마한테 얘기를 해야지."

말은 그렇게 했지만 화가 난 게 아니라 주저하는 듯한 목소리였다. 그러고는 잠시 아무 말도 없이 생각에 잠긴 채 샐러드를 먹었다.

"그게 뭐야?"

내가 손가락으로 가리키며 물었다.

그녀가 접시를 내려다보았다.

"방울토마토."

나는 짜지 않고 남아 있는 포장들을 쳐다보았다. '토마토 케첩'이라고 적혀 있었다.

"먹어 봐도 돼?"

내가 물었다.

"토마토? 그럼."

그녀는 방울토마토를 포크로 찍으려고 했다. 그런데 토마토가 포크에서 튕겨 나갔다. 포크로 떠 보려고도 했지만 이번에는 굴러가 버렸다. 결국 손가락으로 집어서 나에게 건네주었다.

"자."

짜증 섞인 목소리였다.

나는 방울토마토를 입에다 톡 떨어뜨리고 깨물어 보았다. 혀 위에서 즙이 터졌다. 실망스럽군. 케첩 맛이 하나도 나지 않았다. 어렵게 쫓아다닐 가치가 하나도 없었잖아.

곰곰이 생각해 보았다. 케첩에는 맛을 내는 다른 재료가 들어간 게 분명해. 향신료와 설탕, 그밖에 다른 재료들.

그래도 나는 토마토를 우적우적 씹어서 삼켰다. 씹는 느낌은 흥미로웠다.

숀의 엄마는 깊은 생각에 잠긴 듯했다. 괜히 방해하기 싫어서 조용히 감자튀김과 햄버거를 먹어 치우고 나서 컵의 밑바닥에 남은 콜라를 홀짝였다. 그런 다음 쓰레기를 모아 주방으로 가져가 버릴 준비를 했다.

"먼저 일어나도 돼?"

내가 예의바르게 물었다.

숀의 엄마는 고개를 끄덕였다. 그런데 내가 일어서자, 재빨리 나를 불렀다.

"숀."

나는 멈칫했다.
"참 잘했다, 오늘 동생을 데려간 거 말이야. 재밌어하든?"
"그런 것 같아."
"엄마는 정말 고맙다. 친구 사귀는 걸 저렇게 힘들어하잖니."
이렇게 덧붙이며 다시 샐러드를 휘젓는 걸 보니, 제이슨 때문에 고민하고 있다는 게 고스란히 느껴졌다.
"내일 또 제이슨을 데려갈까?"
내가 너그럽게 제안했다.
"그래, 괜찮다면. 그렇다고 방해받는 건 아니지, 그렇지?"
"방해받는지도 모르지."
이렇게 대꾸하고 나가려고 몸을 돌렸다. 피너츠가 나가고 없다면 숀의 방에 앉아서 숀이 틀린 문제들을 고치고 싶었다. 몇 백 개나 되는 조그만 동그라미가 찍혀 있는 종이 위에 정답을 표시하는 숙제였다. 정답에 해당하는 동그라미들을 골라 안을 동글동글하게 채워 넣게 되어 있었다. 정말로 기대가 되었다.
"넌 착한 애야, 숀."
지나가는데, 숀의 엄마가 하는 말이 귀에 들어왔다.
잠시 멈칫했다. 이 순간 뭔가 답례가 될 만한 말이나 몸짓을 보여 줘야만 할 것 같은 느낌이 들었다.
한 손을 그녀의 어깨에 올려 어색하게 토닥여 주었다. 내가 할 수 있는 최선이었다.

그녀는 조금 놀란 듯했지만 이내 빙그레 웃고는 한 손을 살짝 내 손 위에 얹었다. 여윈 손이었고 손가락들은 차가웠다.

내장들이 빠져나가지 못하게 붙잡고 있는 다소 끈끈한 주머니 같은 피부로 감싸인 육체라는 건 사뭇 지저분해서 온몸에서 땀과 유분이 스며 나오며, 끊임없이 죽은 세포들을 떨어뜨린다. 제대로 알고 보면 육체적 접촉이라는 건 정말로 이상하기 그지없다.

그런데 그 느낌에 흡족해하는 내 모습을 발견하고 나 스스로도 깜짝 놀랐다.

시험지에 동글뱅이를 친다는 건 재미있게 들렸고, 실제로도 그랬다. 한 10분 동안은. 서로 다른 필법과 기술을 써먹어 보려고 했지만, 그래봤자 방법만 여러 가지일 뿐 흑연의 잔재를 남기며 조그만 동그라미를 채우는 건 달라지지 않았다. 어쨌든 그 일을 마친 뒤에 손의 기하학 숙제를 했다. 그다지 재미는 없었지만 어쨌든 손의 의무를 완수해야만 할 것 같았다.

숙제를 마칠 때쯤 제이슨과 그의 엄마는 둘 다 잠자리에 들었다. 나도 자야 할 것 같았지만 문득 아침에 베일리가 온라인에 접속하지 않았다며 나 보고 싫은 소리를 했던 게 생각났다.

키보드를 치며 화면으로 이야기를 한다는 게 썩 재미있을 것 같지는 않았다. 근육의 확장과 수축으로 인해 살이 미끄러지고 움직이며 실룩대는 걸 지켜보면서 옆에서 누군가와 얼굴을 맞대고 이야기하는 편이 훨씬 좋았다.

하지만 이건 숀의 인생이다. 최소한 그 인생의 구조를 따라가 보려고 노력은 해봐야겠다고 결정했다.

숀의 컴퓨터를 켰다. 마치 소생이라도 하는 듯 컴퓨터가 작은 소리로 웅웅거렸다. 한숨을 내쉬며 메신저를 불러냈다.

삐-삐-삑! 컴퓨터에서 이런 소리가 나더니 작은 창이 툭 튀어나왔다.

fullmetal7bd : 짜샤, 얼굴 좀 어때?

베일리였다.

'아프긴 해도 아까보다 나아.'라고 쓰려고 했지만 타자 치는 연습을 해본 적이 없었다. 숀은 타자라면 전문가인데 나는 글자의 위치는 다 알아도, 다시 한 번 말하지만 아는 것과 행동하는 것은 하늘과 땅 차이다. 그래서 적당한 글자를 찾기 위해 계속해서 키보드를 쳐다봐야만 했다. 너무 오래 걸려서 포기하고 그냥 이렇게 썼다.

trojanxxl : 괜찮아.

fullmetal7bd : 뭐하나?

간신히 '그냥'이라고 치고 전송을 클릭하는데 삐-삐-삑! 창 하나가 또 튀어나왔다. 손이 종종 메신저 창 서너 개를 동시에 진행하는 걸 알고 있던 터라 새로 생긴 창으로 주의를 돌렸다.

하느님의천사 : 키리엘, 너는 창조주의 명령을 정면으로 위반하고 불법을 저지르고 있다. 이건 경고다. 네 임무로 복귀하지 않으면 벌을 받게 될 것이다.

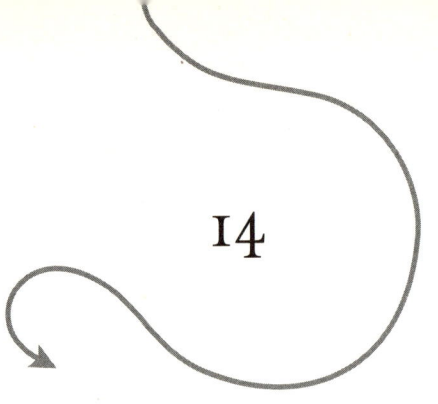

14

손가락 끝에서 온기가 싹 사라졌다.

trojanxxl : 누구시죠?

삐-삐-삑!

하느님의 천사 : 당장 네 임무로 복귀해라.

창조주와 직접 대화를 나누고 싶다는 영원무궁한 소원, 나는 자포자기한 심정으로 이렇게 생각했다. 그분이 마침내 나에게 이렇게 접촉을 하는 건가? 메신저를 통해서?

아니다. '하느님의천사' 그건 창조주 자신이 아닐 거다. 그의 부관들 가운데 하나겠지. 가브리엘, 미카엘, 라파엘 같은 누군가. 그러니까 내가 얼마나 낮은 등급을 차지하는지 이런 식으로 확인이 되는 거다. 부하와 대면하지 못할 정도의 등급이라니.

trojanxxl : 누구를 상대로 내가 이야기하고 있는 겁니까?

틀린 데 없나? 속으로 생각했다. '누구를'은 직접목적어다.
'내가 누구를 상대로 이야기하고 있다.'
그래, 맞구나.
나는 전송을 눌렀다.

창에는 '하느님의천사 님은 현재 오프라인 상태입니다.' 라고 쓰여 있었다.

fullmetal7bd : 아직 있냐?

trojanxxl : 그만 가야겠어. 안녕.

메신저를 닫고 컴퓨터도 꺼 버렸다. 다시는 손도 대기 싫었다. 육체가 알아서 녹초가 되기 전에는 오늘밤에도 잠자기는 다 틀렸다.
 속으로 생각했다. 그들은 나를 여기서 끌고 가야만 할 걸.
 그러다 문득 깨달았다. 그렇게 하겠지.
 한 사람이 만족감과 걱정과 두려움을 동시에 느낄 수 있다니, 정말 신기했다.
 불현듯 감시당하는 기분이 들었다. 손을 뻗어 탁상용 스탠드를 꺼서 방을 어둠 속으로 침몰시켰다. 마치 지금 나를 찾고자 하는 누군가도 나처럼 앞이 보이지 않을 거라 여기자, 한결 기분이 나아졌다.
 육신의 눈은 차츰 어둠에 적응했고, 어둠이 검은색과 회색빛 그림자로 바뀌면서 물체들이 모습을 드러내기 시작했다. 집은 고요했다. 방 창문이 블라인드 뒤에서 희미한 은백색으로 빛났다.
 바닥에 흩어져 있는 숀의 시디를 피해 창가로 다가가 블라인드를 올리려고 줄을 잡아당겼다. 블라인드를 올리자, 먼지 더미가 얼굴 위로 풀썩 피어올랐다.
 순간 코가 간질간질하더니 내가 뜻하든 뜻하지 않든 코가 나를 어떤 동작으로 끌어들이는 묘한 느낌이 들었다. 피할 수 없는 느낌이랄까…….
 "에취!"
 재채기다. 내가 재채기를 했다! 주체하지 못하며, 도저히 억누를 수가 없었다. 물론 그렇게 재미있는 경험은 아니었지만 진짜 육체적이다. 창조주가 나를 잡으러 타락하지 않은 똘마니들을 보내기 전에 반드시 해보고 싶은 경험이었다.

욕구가 끓어오르며 다시 한 번 간지러움을 느끼자 기분이 좋아졌다. 아까와 똑같은 경로로 두 번째 재채기가 다가오는 걸 직감했다.

이번에는 정말로 피할 수 없는 것인지 알아보고 싶었다. 눈을 크게 뜨고 코를 찡그리며 대항해 보았지만…….

"에취!"

대단해!

잠깐 기다려 보았지만 다른 별일도 없었고, 코에서 처리해야 할 물질도 나오지 않아서 앞으로 다가가 창문을 열었다. 나와 외부 사이에는 방충망이 있었지만 밤공기가 느껴졌고, 냄새가 코끝으로 전해져 왔다.

숀의 앰프를 끌어당겨 그 위에 앉아 창틀에 팔꿈치를 기댔다. 그러자 아까 본 은백색의 광채가 달빛에서 비롯됐다는 걸 알았다. 한낮의 뜨거운 황금빛이 우주를 누비고 다니다 시원하고 은은한 빛으로 바뀌어 반사된 빛이었다.

공기와…… 공기 사이에 이러한 차이가 있을 수 있다니 참으로 묘하다. 방 안에서는 특정한 냄새, 이를테면 숀의 땀 냄새라든지 피너츠의 변기 냄새, 아니면 아까 저녁으로 먹은 기름진 튀김 냄새 같은 게 났다. 하지만 창밖의 밤공기에는 천여 종의 미묘한 냄새가 실려 왔는데, 대부분 내 경험만으로는 정체를 분간하기가 힘들었다. 하나는 신선한 잔디 냄새였다. 또 하나는 아마도 축축한 흙냄새리라.

나머지는? 절대 알 길이 없다. 아마도 알아내기 전에 돌아가야 할 거다.

손의 폐는 나의 숨을 들이쉬고 내쉬었다. 창밖에서 불어오는 잔잔한 산들바람이 손의 팔에 난 솜털들에 장난을 걸었지만 정작 그것을 느끼는 건 바로 나였다. 내가 느꼈다. 내가 보았다. 내가 들었다. 내가 맛보았다.

간접적으로 경험하는 고통이 아니라 바로 내가 무언가를 경험하기 시작했다.

그래서 정말 좋았다.

한숨을 내쉬고 손에 턱을 괴었다. 육체는 이미 눈꺼풀이 무거워지고 머릿속이 몽롱해지며 잠이 필요하다는 신호를 보내고 있었다.

잠. 얼마나 낭비란 말인가. 게다가 이번에는 다시 이승에서 아침을 맞이하지 못할 가능성이 컸다.

잿빛을 띤 달이 가물가물 흐릿하게 보였다.

속으로 생각했다. 내가 울고 있나?

눈물을 보려고 눈동자를 양 옆으로 잽싸게 움직여 보았다. 분명 흐릿하긴 한데 손가락을 들어 뺨에 대어 보아도 물기가 없었다.

눈을 꼭 감고 눈가와 속눈썹을 느껴 보았다. 확실히 작은 물방울들이 느껴진다! 정말 울긴 울었어. 이 정도로도 만족스러웠다.

조금 더 울어 보려고 했지만 소용없었다. 결국 일어나 창문을 닫았다. 그런 다음 블라인드를 내리며 내가 이미 깨달은 사실들을 인정했다. 무슨 일이 생길지라도 이 휴가는 진정 값진 거였다. 진짜 눈물을 흘릴 수 있을 만큼, 레인의 향기를 맡고 혀 위에서 톡 터지는 방울토마토를 느낄 만큼 가치가 있었다. 비록 손끝은 베였지만 그 덕분에 내가 경험하지 못했을 또 다른 것을 느끼고 생각하게 되었으므로, 그 또한 묘미와 깊이가 더해진 값진 경험이었다.

그리고 결국 창조주의 주의를 끄는 데 성공했으니, 그 또한 즐거운 휴가에 어울리는 결말이 아닐까.

어두컴컴한 복도를 지나 기쁨과 슬픔이 뒤섞인 묘한 기분을 느끼며 욕실로 향했다. 아직은 하고 싶은 게 많이 남았다. 뜨거운 목욕과 부드러운 카펫, 그리고 섹스와 같은 사소한 것들.

나는 그저 조금만 더 머무르고 싶을 뿐이다. 이제 겨우 하루밖에 지나지 않았는데. 그것만으로는 충분치가 않았다.

어림도 없다.

……저녁과 아침이 되니
둘째 날이더라…….

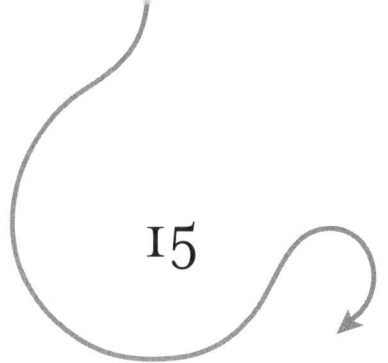

15

맨 처음 내가 알아챈 건 끝없는 어둠이었다.

둘째, 움직일 수가 없었다. 잡혀서 꽁꽁 묶였다. 내 팔과 다리가 묶여 버렸다.

내 팔?

내 다리?

눈을 떴더니, 어둠이 짙은 황록색 빛을 띠고 있었다.

아직 여기에 있다. 손의 침대에서 벽 쪽을 바라보며 옆으로 누워 있었다.

아래를 내려다보았다. 간밤에 팔다리가 이불에 엉켜 버렸다.

또 다른 아침이 밝았다!

"와아!"

서랍장 위에 앉아 나를 빤히 쳐다보고 있는 피너츠를 향해 소리쳤다. 이번에는 누가 듣든 상관없었다.

피너츠는 그냥 무표정하게 나를 바라볼 뿐이다.

"아직 회수하러 안 왔어!"

내가 피너츠에게 외쳤다.

"알아듣겠어? 회수라는 말? 엄밀히 말하면 처음부터 내가 소유한 것도 아니었지만. 그치만 넌 알잖아, 응? 너는 굉장히 예민한 고양이잖아."

피너츠는 아무런 감흥도 없는 듯 자리만 지켰다.

꼼짝 않고 내가 옷 입는 모습을 지켜보았다. 떠날 시간이 임박했다. 하지만 지금은 아침이고, 나도 모르게 흥미진진한 아이디어가 마구 샘솟았다.

내가 보기에 이 정도 시간이면 떠나기 전에 한두 군데 재빨리 슬쩍 찔러볼 기회는 있을 듯싶었다.

그 정도는 해낼 거다. 아무에게도 상처를 주지 않고, 4차원의 그 어느 것도 방해하지 않고 그냥 두어 개 정도 작은 흔적만 남기는 거다. 내가 가고 없어도 쉽사리 사라지지 않을 아주 작은 별표 몇 개, 아무도 보지 않을 깊은 숲 속의 나무 기둥에 머리글자를 새겨 넣는 소년처럼.

키리엘, 여기에 다녀가다.

정확히 하고 싶은 일이 뭔지 생각을 정리할 필요가 있었지만 내가 원하는 건 뭐가 됐든 해보는 거다.

피너츠를 자극하기 싫어서 계속 거리를 유지했지만 옷을 다 입고 나서는 용기를 내어 조금(많이는 아니고) 다가가서 호기심 어린 눈초리로 피너츠를 관찰했다. 녀석의 발은 하얀색이었고, 앞가슴과 목도 마찬가지였다. 나머지 부분은 윤이 나는 완벽한 갈색 줄무늬인 줄 알았는데, 지금 보니 끝부분은 줄무늬가 흐릿하고 서로 겹쳐 있어서 부드러우면서도 삐죽삐죽해 보였다. 직접 손가락으로 만져 보고 싶은 마음이 굴뚝같았다.

하지만 꾹 참았다.

주방으로 들어서자, 숀의 엄마가 핸드백을 뒤지고 있었다. 조리대 위 핸드백 옆에 크리넥스와 종이 뭉치, 화장 도구들이 잔뜩 쌓여 있었다.

"잘 잤니? 일찍 일어났네."

숀의 엄마는 쌓여 있는 뭉치에 지갑을 하나 더 추가하며 인사를 건넸다.

"그러게."

그녀는 무언가(열쇠 뭉치)를 찾고 있었는데, 마침내 핸드백에서 그것을 끄집어냈다.

"아침에 나쁜 꿈 꿨지?"

이번에는 꺼냈던 걸 도로 핸드백에 집어넣으며 물었다.

"뭐라고 소리 지르는 것 같던데."

"아니, 나쁜 꿈 아니야. 잘 잤어."

"다행이다. 저기……."

그녀가 목소리를 낮춰 내 어깨 너머를 흘긋 보며 말했다.

"베일리네 갈 때 제이슨 데려가는 거 잊지 마."

아, 맞다.

"잊지 않을게."

내가 말했다.

"그리고 제이슨더러 약 먹으라고 말해 주겠니?"

"알았어."

그녀는 환하게 미소를 짓고는 뒷문으로 향했다.

"좋아. 좋은 하루 보내라."

"엄마도."

내가 이렇게 응답했지만 그녀는 벌써 가고 없었다.

그릇 두 개와 숟가락 두 개를 꺼냈다. 내 그릇에는 과일 맛 시리얼을, 제이슨 거에는 계피 맛 시리얼을 부었다.

우유를 붓고 있는데, 제이슨이 운동화 끈이 풀리고 머리가 엉망인 것만 빼면 옷을 다 차려입고 나타났다.

"자."

내가 제이슨에게 시리얼을 건넸다. 제이슨은 무어라 알아듣지 못할 말로 툴툴거렸지만 시리얼을 받아들고 식탁으로 가서 숟가락을 쥐고는 군말 없이 먹기 시작했다.

제이슨 옆자리에 앉았다. 과일 맛 시리얼을 더 먹을 생각에 기대에 차 있었는데, 오늘은 하나씩 먹으면서 색깔이 다르면 맛도 다른지 알아볼 작정이었다. 먹어 보니 정말 맛이 달라서 노란색만 골라 놓았다가 한꺼번에 먹으려고 숟가락을 이리저리 바쁘게 놀렸다.

그러느라 시간이 걸렸는데, 제이슨은 내가 물어보려고 한 말을 꺼내기도 전에 벌써 다 먹어갔다.

"야, 오늘 학교 끝나고 나랑 같이 베일리네 갈 거야?"

제이슨이 어깨를 으쓱했다.

"간다는 거야, 안 간다는 거야?"

제이슨이 다시 한 번 어깨를 으쓱했다.

"형들처럼 내가 잘하지 못하는 거 나도 알아."

나를 보지도 않고 제이슨이 이렇게 말했다.

잠시 생각에 잠겼다. 어제 우리 셋이 같이 했던 비디오 게임을 말하는 게 분명했다.

"네가 나보다 낫던데."

내가 진심을 담아 말했다.

"아니야."

"어제는 그랬어."

나는 앞으로도 늘 그럴 거라는 말은 덧붙이지 않았다.

"게다가 베일리도 한 번 이겼잖아."

그 말에는 아무런 반응이 없었다. 제이슨은 끼익 소리를 내며 의자를 뒤로 빼고 일어섰다. 빈 시리얼 그릇을 들고 가서 싱크대 안에 툭 던졌다. 그릇이 스테인리스에 부딪치면서 달그락 소리가 났는데, 다른 그릇에 닿고 멈추더니 유리가 깨지는 것처럼 조금 깜짝 놀랄 만한 소리가 났다. 제이슨은 멈칫하면서 나를 힐긋 쳐다보았다.

"약 먹는 거 잊지 마."

내가 말했다.

제이슨은 마치 싱크대에서 벌어진 일이 자신과는 아무런 상관도 없는 양 얼른 다른 쪽으로 자리를 옮겨 조리대 위에 놓인 작은 갈색 플라스틱 병을 움켜잡았다. 그 병은 항상 그 자리에 있었는데, 숀의 엄마는 잘 보이는 자리에 놔둬야 제이슨이 기억하기가 쉽다고 했다. 제이슨은 알약 먹는 데는 선수라서 병에서 꺼낸 알약 하나를 물도 없이 순식간에 목구멍으로 넘겼다.

"그럼, 학교 끝나고 보자."

제이슨이 뚜껑을 닫아 약병을 내려놓는걸 보며 말했다.

"웅."

제이슨이 어깨를 으쓱하며 대답했다.

제이슨은 다른 사람들과 의사소통을 하면서 표정은 물론 말도 별로 없었다. 잠깐이지만 이곳에 머물러 보니 남들이 왜 제이슨이 다른 일에는 관심이 없다고 생각하는지 이해가 되었다.

하지만 내 생각에는, 제이슨은 확실히 관심이 있었다. 의사소통하는 방법이 다른 인간들보다 작긴 하지만 그렇다고 아무 방법도 없는 것은 아니었다. 나는 속으로 생각했다. 만약에 제이슨이 나한테 다시 말을 건네면(집을 나가기 전에 자기 형한테 정말로 인사를 건넨다면) 그건 그가 우애를 느끼고 있다는 증거야.

그래서 제이슨이 주방을 가로질러 갈 때 나는 아무 말 없이 내 과일 맛 시리얼만 골라 먹었다. 하지만 귀는 열어 두었다.

"갈게."

제이슨은 현관문을 나서며 나를 쳐다보지도 않고 중얼거렸다.

제이슨은 이미 사라졌고, 나 역시 따로 대꾸는 하지 않았다. 그렇지만 내 입가가 살짝 올라갔다. 이가 드러날 정도는 아니고. 그냥 작은 미소였다.

"조용하네, 짜샤."

버스에서 베일리가 말을 걸었다.

"응."

나는 정말로 조용했다. 생각할 게 너무나도 많은데다 시간도 모자랐다. 이 육체에서 끌려 나가기 전에 시도해 봐야 할 게 몇 가지(K 마크* 새기기) 있었다.

＊K는 키리엘(Kiriel)의 머리글자다.

"조금 피곤해서."

베일리가 가만 냐뒀으면 하는 생각에 대충 둘러댔다.

베일리는 나를 내버려 뒀다. 뭐라고 잔뜩 쓰인 카드를 한 줌이나 꺼내더니 한 장 한 장 신경 쓰며 넘겼다. 알고 보니 영어 낱말 카드였다.

자리를 잡고 앉아 생각에 잠겼다. 시간이 얼마 남지 않았고, 숀의 친구들이나 식구들에게 혼란을 줄 생각은 전혀 없었다. 그저 내가 떠난 뒤에도 사라지지 않을 작지만 만족할 만한 흔적을 남기고 싶었다.

내가 'K 마크'를 새겨야겠다고 생각한 중요한 나무 기둥은 세 개였다.

먼저 첫 번째 나무, 베일리에게 말을 걸었다.

"부탁하고 싶은 게 있는데."

"말해 봐."

베일리는 카드에 대고 인상을 찌푸리며 무심하게 대꾸했다.

"만약에 나한테 무슨 일이 생기면 제이슨 좀 봐 줄래?"

베일리가 나를 올려다보았다.

"뭐?"

"만약에, 어, 내가 다치면. 아님, 있잖아, 만약에 내가…… 내가 죽으면 내 부탁대로 제이슨 좀 보살펴 주겠냐고? 어려운 일이 있으면 좀 도와주고, 잘 있나 확인도 좀 해 주고."

나를 빤히 쳐다보는 베일리의 모습을 보니 피너츠가 떠올랐다.

"내가 모르는 무슨 일이 생겼냐?"

의심스러운 목소리인 듯해서 나는 베일리와 차분하게 얼굴을 마주하며 눈을 맞추었다.

"없어."

"그럼, 뭐 아프거나 그런 건 아니고?"

"아니."

"확실해?"

"응. 그냥 부탁이야. 다른 뜻은 없어."

"부탁이라기엔 정말 이상한데."

"알아, 어쨌든 해 줄래?"

"어, 그래."

베일리는 다시 낱말 카드로 시선을 돌렸다.

"아무렴 어때."

손이나 베일리는 한 번도 죽음에 대해 이야기를 나눠 본 적이 없다. 아마도 베일리는 죽음에 대해 생각조차 해보지 않았을 거다. 그런데 지금은 자기 무릎에 놓인 카드를 물끄러미 내려다보는 모습이 생각에 잠긴 듯 다소 엄숙해 보인다.

자, 제이슨과는 일단 시작했고, 지금으로서는 더는 할 일이 없다. 이제 레인과의 문제를 곰곰이 생각해 봐야겠다.

"손?"

베일리의 목소리에는 엄숙한 기운이 감돌았다.

"어?"

"만약에 나한테 무슨 일이 생기면 너도 부탁 하나 들어줄래?"

"당연하지."

"나를 꼭 내 버블헤드 인형*들과 같이 묻어 주겠다고 약속해 줄래?"

"약속할게."

나는 진지하게 약속했다. 하지만 베일리가 죽었을 때는 막상 내가 곁에 없을 걸 생각하니 심히 괴로웠다.

그런데 베일리가 나를 보며 능글능글 웃는 게 아닌가.

장난을 친 건가?

머릿속으로 그림을 그려 보았다. 팔짱을 낀 베일리가 기다란 상자에 누워 있고, 주변에는 수십 개의 머리 큰 인형들이 까딱까딱 머리를 흔들어 대는 모습을.

장난이 분명했다.

"웃겨 죽겠다."

내가 말했다.

"야, 넌 내 말이 진짜인 줄 알았잖아."

---

* 머리를 끄덕이는 캐릭터 인형

베일리가 히죽거리며 다시 카드로 몸을 돌렸다.

"바보 아니냐. 이 괘씸하고 순진한 녀석아."

눈으로 카드를 읽으며 베일리가 깐죽거렸다.

나는 고개를 저으며 창밖으로 시선을 돌렸다.

2번 나무, 레인.

그녀와의 성적인 만족의 성취를 부푼 가슴으로 고대하고 있지만, 다시 생각해 보니 잘 하면 일석이조의 상황을 만들어 낼 수 있겠다는 생각이 들었다.

그래, 나는 그녀를 내 욕망을 채우는 도구로 사용할 거야. 하지만 나 역시 그녀의 욕망을 채우는 도구로 사용될 수 있어.

숀 시몬스를 그녀 인생을 통틀어 최고의 경험 가운데 하나로 만들어 주리라.

레인은 자신이 얼마나 행운아인지 모른다. 무수한 십 대 소년들과는 달리 나는 첫 경험을 고상하게 창조해 내는 데 필요한 만반의 지식을 갖추고 있다. 문제를 일으킬 소지가 전혀 없고, 따라서 내 기쁨도 덩달아 커질 거다.

좋아. 방과 후라야 했다. 학교에서는 우리의 사랑을 완성할 만한 기회가 전혀 없을 거다. 우선 그녀를 혼자 있게 만든다. 그런 다음에는 그녀가 일기에 쓴 그대로 하나도 빼놓지 않고 진행하면 된다. 그녀가 이미 상상했던 여러 가지 시나리오 가운데 하나대로 일단 서로를 안는다. 그런 다음 관계를 갖고, 모든 게 끝나면 그녀에게는 남은 여생을 기쁨으로 회상할 수 있는 잔잔한 추억이 남게 되리라.

보자, 그녀의 일기장에 뭐라고 쓰여 있었더라? 기억이 가물가물한데, 서너 가지 시나리오가 있었다. 하나는 숀이 그녀에게 학교 댄스파티에 가자고 부탁을 하는 건데, 그건 소용이 없는 게 당장 학교에서 댄스파티가 열리지 않기 때문이다. 또 하나는 숀이 아무 말 없이 그냥 웃으며 '불꽃이 튀는 눈빛'을 날리는 거다. 그건 어떻게 하는 건지 방법을 모른다. 재미있을 것 같긴 하다. 혹시 내가 방법을 알게 될 경우를 대비해서 '불꽃 튀는 눈빛'을 기억해 두자고 머릿속에 새겨 놓았다.

다음은 숀이 그녀에게 아름답다고 말해 주는 시나리오도 있다.

아, 바로 그거다!

베일리는 카드를 읽으며 말없이 입술만 달싹였다. 그런데 문득 버스가 꽤 많이 왔는데, 그 동안 바깥 풍경을 하나도 보지 못했다는 사실을 깨달았다. 시선은 계속 창밖에 있었지만 아무것도 보지 못했다. 무언가에 굉장히 집중하고 있으면 두뇌가 모든 시각적 입력을 생략해 버리는 듯했다.

관심을 두고 보니 맨 처음 교회가 눈에 들어왔다. 정면에 '제일 감리교회'라고 쓰인 표지판이 있어서 그곳이 교회라는 걸 알았다.

어제는 교회가 보이지 않았다. 어제는 맞은편 자리에 앉아 있었던 게 분명했다. 교회 건물은 나무 덩이처럼 단순하고 특색이 없이 하얀 시멘트로만 발라 놓은 듯했다.

저기가 진정 성소란 말이야? 그럼 창조주는 다른 장소보다 저곳에 더 많이 존재하실까? 그분은 교회를 통해 다른 존재들로부터 거부당한 인간들과 관계를 맺고 계실까?

멀리 사라져 가는 교회에서 눈을 떼지 못하고 고개를 돌려 계속해서 바라보았다.

영어 시간 내내 레인과 함께 보낼 오후의 세부계획을 짜느라 머릿속이 분주했다. 기하학 수업이 끝나고 과학 수업을 들으러 지나갈 때 다시 그녀에게 간다. 그녀가 좋아하는 것 같으니 최대한 환하게 미소를 날린다. 학교가 끝나면 우리 집, 즉 숀의 집으로 가자고 말한다. 제이슨은 비디오 게임을 하느라 바쁠 게 분명하다. 레인을 데리고 침실로 들어가 아름답다고 칭찬을 건넨 다음 둘이 함께 옷을 벗어 던지고는 범위와 강도 면에서 경외심을 불러일으킬 만한 마음과 육체의 결합을 시작한다. 식은 죽 먹기잖아.

그래, 너무너무 기대가 된다.

종이 울리자, 나는 숀의 물건들을 챙겼다. 교탁 옆을 지나가는데, 선생님이 나를 불렀다.

"숀, 잠깐 이야기 좀 할까?"

아직 생각에 잠겨 있던 터라 아무 대꾸도 하지 않았지만 순순히 선생님에게 갔다.

"어제 본 쪽지 시험을 채점하고 있는데 말이다, 네 시험지 때문에 할 말이 좀 있어서 그러는데."

"말씀하세요."

선생님이 손을 뻗어 시험지를 한 뭉치 집어 들었다.

"이번 시험에서 100점을 맞았던데."

이렇게 말하며 맨 위에 있는 시험지를 쳐다보았다.

"네, 저도 알아요."

"선생님이 보기엔 좀 이상해서 말이야. 너는 일 년 내내 잘해 봤자 'C 마이너스'였잖아."

그러더니 시험지 뭉치를 다시 책상 위로 툭 던져 놓고 팔짱을 끼며 말했다.

"숀, 네 자리를 옮길까 하는데. 민디 파슨스와 떨어진 자리로 말이야."

"그러세요."

선생님이 나를 빤히 쳐다보았다.

"숀, 정직해야 돼. 희곡은 읽었니?"

나는 솔직히 '아니요, 안 읽었는데요.' 라고 말하려고 했다. 하지만 콜린스 선생님은 숀이 부정행위를 했다고 의심하고 있으며,

어차피 손은 여기에 없고 나는 이미 희곡의 내용을 전부 다 알고 있기 때문에 이 대화 자체가 의미 없는 일이다.

그래서 나는 이렇게 대답했다.

"네, 읽었어요."

사실 손은 희곡을 읽지도 못하고 죽었지만 상관없었다. 어서 이 교실에서 나가 내 볼일을 보고 싶었다.

"그럼 선생님이 지금 몇 가지만 물어도 될까?"

"다음 수업을 들으러 가야 하는데요."

"아주 간단한 질문 두어 개만 하마."

"좋아요. 하세요."

선생님은 책상에 몸을 기대고 팔짱을 꼈다.

"말해 보겠니?"

"무얼 알고 싶으신데요?"

선생님이 어깨를 으쓱했다.

"먼저 제목부터 말해볼까?"

"『시련』*이요."

"무슨 내용이지?"

"표면적으로는 악마의 추종자들에게 사로잡혔다고 주장하는 십 대 소녀 집단에 대한 세일럼 마을의 마녀재판 이야기입니다."

---

*미국의 극작가 아서 밀러의 1953년 작품

나는 아직도 그 이야기 전체가 우스꽝스러운 모욕이라고 생각한다.

"하지만 1950년대의 매카시 청문회에 대한 은유로도 읽을 수 있습니다."

"주요 등장인물은? 주인공이 누구지?"

"존 프락터라고 할 수 있습니다."

"좋아. 그럼, 존 프락터에게 무슨 일이 있었는지 말해 볼까?"

"무엇보다도 그의 부인이 마법을 썼다는 혐의를 받습니다. 거기에는 몇 가지 어려움이 있었는데, 왜냐하면 비난을 받고 있는 소녀들 가운데 한 소녀와 프락터가 불륜을 저질렀기 때문이죠. 그의 아내는 대중 앞에서 이 사실을 인정함으로써 스스로의 결백을 밝힐 수도 있었지만 그렇게 하지 않았고, 그래서 재판에서 지게 됩니다. 이제 존 프락터 자신이 혐의를 받게 되는데, 결국 아무 죄 없이 교수형을 당하게 됩니다."

나는 다음 질문을 기다리며 콜린스 선생님을 가만히 쳐다보았다.

하지만 선생님은 질문을 하지 않았다. 꾸짖겠다는 의도로 나를 응시하던 그의 눈빛이 흔들렸다.

잠시 뒤, 선생님이 입을 뗐다.

"알았다. 이 점수는 그대로 두기로 하자. 하지만 만약에 네 눈동자가 1센티라도 다른 사람의 시험지로 움직이는 기미가 보이면 당장 낙제다, 카피쉬*?"

"네, 그게 공평하겠네요. 하지만 아시죠?"

분명히 해 두어야 할 것 같아서 내가 이렇게 덧붙였다.

"학생들도 가끔은 정말로 더 열심히 공부할 때가 있거든요."

"흔하지는 않지."

"그래도 가끔은요."

"아주 드물지."

"가끔은요."

"뭐…… 어쩌면."

선생님이 책상에 놓인 시험지 더미를 힐긋 보더니 약간 수그러든 듯싶었다.

"그래, 가끔은 그렇기도 하지."

잠깐 기다려 보았지만 더는 아무 말이 없었다.

"다 된 건가요?"

내가 물었다.

"그래. 가도 좋다."

"네."

손의 가방을 어깨에 두르며 내가 말했다. 교실 문으로 향하며 한 마디 덧붙였다.

---

*Capisce, '알아듣겠나?'라는 뜻의 이탈리아어

"시간 내주셔서 고맙습니다."
"쑌?"
내가 돌아보았다.
"건방지게 굴지는 마."
나는 '네, 선생님.' 이라고 말하려고 했지만 다시 생각하고는 그냥 고개만 끄덕였다. 레인이 사라지기 전에 그녀에게 가고 싶었다.

"안녕."
복도에서 그녀를 따라가며 반갑게 인사를 건넸다.
레인이 고개를 돌리자, 그녀의 사랑스러운 머리칼이 어깨 위로 흘러내렸다. 인간의 표현에 대해서는 생각보다 모르는 게 많았지만 조금씩 알아가는 중이었고, 지금 분명한 건 나를 보고 그녀의 얼굴 표정이 변했다는 사실이다. 좀 더 정확히 말하면, 쑌을 보고. 어쨌든 사람들이 왜 행복하면 얼굴에서 '빛을 발한다.' 라고 하는지 알았다. 레인은 지금 얼굴에서 빛을 발하고 있다.
뭐, 눈에서 불꽃이 튀는 정도까지는 아니지만.
"안녕."
숨이 턱 막히는 듯한 목소리였다.
"저, 있잖아."
나는 아주 차분하게 말을 꺼냈지만 말을 할 때마다 심장이 폐와 갈비뼈를 쿵쿵 두드려 댔다.

"오늘 학교 끝나고 우리 집에 오지 않을래?"

"왜?"

"그러니까……."

나는 생각을 정리하느라 머뭇거렸다.

제발 '상호 성적 충족'이라는 말은 하지 마. 그럼 끝장이야.

"……숙제. 내 숙제 좀 도와줬으면 해서."

겨우 말을 끝맺었다.

"어떤 숙제?"

"영어."

레인이 영어를 썩 잘하지 못한다는 사실이 갑자기 머리를 스쳤다.

"기하학."

나는 말을 바꿨다.

"음, 어떤 과목?"

나는 단호히 말했다.

"기하학. 내가 기하학이 좀 딸려서."

"좋아, 갈게. 너희 엄마나 아빠 계시지, 응?"

"숀, 아니 우리 아빠는 우리랑 같이 살지 않아. 엄마는 여섯 시나 되어야 퇴근하시고."

"그럼 여섯 시까지는 못 가. 우리 엄마가 어른이 안 계시면 남의 집에 가지 못하게 하실 거야."

　가방이 자꾸만 어깨를 쿡쿡 찔렀다. 가방을 위로 잡아당겨 위치를 바꿨다.

　레인 어머니의 규칙을 그만 까맣게 잊고 있었다. 그녀가 정말 일을 복잡하게 만들어 버렸다.

　"꼭 엄마한테 말할 필요는 없잖아."

　이런 식의 접근법이 헛수고라는 걸 알면서도 이렇게 말했다.

　헛수고 맞다. 레인은 책을 가슴 쪽으로 끌어당겼다.

　"거짓말은 못 해."

　다소 당황스러워하는 기색이 역력했다.

　레인, 레인, 이 정직한 소녀여. 내 어찌 그대를 좋아하지 않을 쏘냐!

　"네가 우리 집으로 와도 돼."

　레인이 말했다.

　아니, 그럴 수는 없다. 거기에는 레인의 할머니가 있는데, 우리를 단둘이 놔두기는커녕 레인의 방에도 들어가지 못하게 할 거다. 할머니는 우리를 거실에 앉혀 놓고 버터밀크*를 마시며 당신의 어린 시절 이야기나 들려줄 게 뻔하다.

　재빨리 머리를 굴렸다. 가능하면 이 일을 빨리 해치워야 한다.

＊우유에서 버터를 분리한 뒤에 남는 신맛 나는 액체

언제 하늘에서 벼락이 떨어질지 모르니까.

"그럼 베일리네 집에서 만나면 어떨까? 걔네 엄마는 집에 계시는데."

내가 제안을 했다.

"너랑 내가 베일리네 집에서 숙제를 하자구?"

"그래. 너희 엄마는 베일리네 엄마를 아시잖아, 안 그래? 베일리네 아줌마는 믿으실 거 아냐?"

"안 그래."

레인이 내 말을 따라하는데, 그녀의 입이 미소로 일그러졌다.

"뭐가 웃긴데?"

"그냥. 베일리네 집이라면 괜찮겠다. 베일리도 괜찮대?"

"응."

가슴속에 차오르는 기쁨을 느끼며 내가 말했다. 베일리는 나의 탐구를 기꺼이 승인해 준 친구다. 레인과 내가 단둘이 시간을 가질 수 있도록 해 줄 게 분명하다.

"레인 헨네버거를 우리 집으로 불렀단 말이야? 나한테 묻지도 않고?"

베일리가 큰 소리로 말했다.

우리는 급식 줄에 서서 동그란 롤빵 위에 무언가 올려지기를 기다리는 중이었다. 저 끝에 있는 사람들의 식판에 케첩 봉지가 있는 걸 알고 기대감으로 가슴이 두근거렸다.

"왜 그랬는데?"

베일리가 투덜댔다.

"걔네 집에서는 레인과 하나가 될 기회가 없으니까."

내가 딱 부러지게 말했다.

"그건 우리 집에서도 마찬가지야, 짜샤. 게다가 모르긴 몰라도 너는 레인을 잘 알지도 못하잖아."

"나 걔 아주 잘 알아."

"그러셔? 걔랑 마지막으로 말한 게 언제였는데?"

"오늘 오후에."

"이번 주…… 말고. 이번 주 전에는 레인 헨네버거랑 마지막으로 말을 한 게 언제였냐구?"

"생각 안 나."

"내가 아는 마지막은 2학년 때야. 우리가 '만세!'를 외치며 길거리에서 걔한테 물풍선을 막 던졌던 거 생각 안 나?"

"그래서 너 지금 레인이 오는 걸 반대한다는 거야?"

"걔가 오든 말든 상관 안 해. 너는 완전히 핵심을 놓치고 있어."

베일리도 한 가지 핵심을 놓치고 있다. 그렇지만 그걸 베일리한테 설명해 줄 수는 없다. 베일리는 레인이 남몰래 숀을 좋아했나는 사실을 알 리가 없고, 목 뒤로 구불거리며 흘러내리는 숀의 머리칼에 대해 그녀가 호색적인 일기를 썼다는 사실은 더더욱 모른다. 그녀는 손을 사랑했고, 자신의 감정을 드러낼 만반의 준비를 갖추고 있었다. 내가 나 자신의 감정을 드러낼 만반의 준비를 갖추었듯이.

나는 한숨을 내쉬었다.

"알았어, 베일리. 내가 놓치고 있는 핵심이 대체 뭔데?"

"설령 걔가 너를 기꺼이 자기 팬티 속으로 끌어들이겠다고 해도 너한테는 그럴 기회조차 없다는 말씀이지."

"니 방에서 잠깐만 우리를 단둘이 있게 해 주면 돼."

"야, 생각 좀 해라. 네가 걔를 유혹하는 동안 엄마랑 난 현관 밖에 나가 있겠냐?"

"아, 맞다. 너희 엄마!"

그제야 생각이 났다.

"참나!"

베일리네 엄마는 친구들이 집으로 오는 건 전혀 상관하지 않았다. 집에 와서 음식을 먹고 몇 시간씩 있어도 상관하지 않았다. 그냥 늘 한쪽 귀와 한쪽 눈만 열어 놓고 있을 뿐이다.

"음, 그게 문제네. 근데 벌써 레인을 불렀는데."

나는 잠깐 생각에 잠겼다.

"그럼 우리 셋이 네 방에 있다가 네가 간식을 가지러 가는 척하고 나가서 안 들어오는 거야. 한 시간쯤?"

"안 돼."

"삼십 분?"

"그럼 우리 엄마가 너희 둘이 내 방에서 문 꼭 닫고 있는데, 나는 왜 주방에서 어슬렁거리냐고 물으면 내가 뭐라고 했으면 좋겠냐?"

"배고파 죽겠다고 하면 되잖아."

"쇼, 헛소리 작작해. 머리는 뒀다가 국 끓여 먹을래? 그래 봤자 안 먹힌다구."

논리적으로 생각하면 베일리가 옳다. 그래도 나는 여전히 결과에 대해 긍정적이다. 어떻게 해서든지 나의 레인과 단둘이 있는 시간을 만들고야 말 테다.

당장은 딱히 다른 좋은 수가 떠오르지 않아서 이렇게 말했다.

"그럼 뭐, 우리 일단 계획대로 밀어붙여 보고, 혹시 기회가 올지 모르니까 지켜보는 게 어때?"

"우리?"

"알았어. 내가 계획대로 진행시킬게. 레인과 내가 너희 집으로 가서 숙제를 할 거야."

"난 완전히 상관 안 해. 나한테 아무것도 기대하지 마. 우리 엄마한테도."

"알았어."

"그리고 너 말하는 게 정말 이상한 거 아냐?"

"아니."

이렇게 말했지만 내가 숀의 말투를 쓰고 있지 않다는 걸 베일리가 지적했다는 사실을 깨달았다.

나도 모르는 사이에 내 말투가 튀어나왔다.

"아무렴 어때."

아차 싶어 재빨리 이렇게 덧붙였다.

하지만 베일리는 이미 고개를 설레설레 저으며 식판을 집어 들었다.

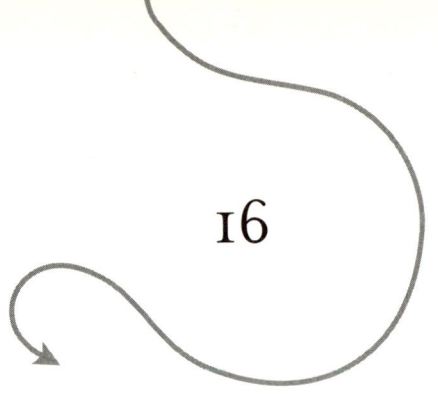

16

우리 자리에 앉았을 때 내 식판에는 햄버거와 감자튀김이 있었는데, 케첩 봉지는 달랑 네 개뿐이었다. 급식대에 있던 아주머니에게 더 달라고 했지만 인색하게도 더 주지 않았다.

"네 케첩 좀 먹어도 되냐?"

내가 베일리에게 물었다.

"아니."

한숨이 절로 나왔다. 나는 한숨을 즐기는 듯했다.

조심스레 봉지 하나를 뜯어 케첩을 짜서 감자튀김에 뿌렸다. 오늘은 마침 포크가 있으니까 숀의 엄마가 샐러드를 휘젓던 방법을 따라해 볼 생각이다.

두 번째 봉지에 손을 대다 위를 힐끗 보니, 고통 유포자가 점심 줄에서 식판에 음식을 잔뜩 올리는 모습이 눈에 들어왔다.

리드 맥고완. 세 번째 나무.

이렇게 가까이에서 자꾸 눈앞에 얼쩡거리니 나로서는 성가시기 그지없었다. 당장은 숀의 육신 안에 있으니 그가 실제로 죄를 저지르고 있을 때 어떻게든 대화로 풀어 볼 기회는 있는 셈이다. 그의 죄악들이 오래되고 상해 빠져 도저히 돌이키지 못할 지경이 된 이후에는 비참한 불평 덩어리의 영혼을 상대로 한없이 되새겨 줘야 할 테니.

아직은 그를 포기할 수 없다. 인간이 지닌 희망이라는 것과 유사한 작은 희망의 불꽃이 내 안에서 타올랐다. 여기 내가 있다, 나를 구속하던 규칙을 벗어나. 나는 시도를 멈추고 싶지 않다.

베일리는 내 시선을 붙잡은 게 무언지 궁금해하며 고개를 돌렸다. 그러더니 재빨리 고개를 되돌렸다.

"제발, 너, 리드 맥고완 보는 거 아니지?"

베일리가 말했다.

"나, 리드 맥고완 보는 거 맞는데."

베일리는 다시 한 번 잽싸게 어깨 너머를 훔쳐보았다.

"아무한테도 무슨 짓 안 하는데."

"그치만 했어. 앞으로도 할 거고."

"지금은 아니잖아. 그러니까 그만 봐."

하지만 난 그럴 수 없다. 걸어 다니는 무자비한 비행, 불안감,

그리고 유치함의 덩어리가 저기에 서 있다.

리드 맥고완, 나의 미래.

다급해진 베일리가 말렸다.

"제발, 쟤한테 먼저 시비 걸지 마."

어찌나 걱정이 가득한 목소린지 나는 잠시 머뭇거리며 다시 한 번 생각을 가다듬었다. 하지만 나는 리드를 지옥 깊은 곳으로부터 헤어나게 해 주고 싶었다. 아니면 최소한 내 담당 구역에서라도. 다른 담당의 구역에서 생을 마치면 그건 어차피 그들의 소관이니까.

"시도는 해봐야 해. 말을 해야 한다구."

내가 베일리에게 말했다.

"너, 장난이지? 이번엔 너를 죽일 거야."

"아닐걸. 또 때릴지는 몰라도 죽을 때까지 때리지는 않을 거야."

이 서너 개 빠지는 정도라면 사후에 리드와 함께할 몇 영겁과 바꿀 만한 값어치는 충분하다.

의자를 뒤로 빼며 자리에서 일어섰다.

"오, 제발, 안 돼, 숀."

베일리가 애원했다.

"해야 해."

딱 잘라 말한 다음 리드에게 향했다.

'식초보다는 꿀로 더 많은 파리를 잡을 수 있다.' 식당을 가로질러 가는데 문득 이 속담이 떠올랐다. 파리를 잡아서 무엇을 하고 싶은지는 잘 모르겠다. 뭐, 죽여 버리기 십상이겠지. 보통 인간들은 파리를 잡으면 그렇게 하는 듯하다. 짐작컨대, 인간들에 대한 일반적인 교훈과 경고를 담고 있을 거다.

리드를 괴롭힐 생각은 없다. 그를 변화시키고 싶지만 불가능한 욕심이라는 것도 잘 안다.

인간에게는 누구나 자유 의지라는 게 있다. 리드 자신이 변화하지 않으면 불가능하다.

이런 경우, 내가 할 수 있는 건 씨앗을 뿌려 그 안에서 희망이 싹트기를 바랄 뿐. 맥이 빠지리만치 조그만 K. 그러나 확실한 건 없는 것보다는 낫다는 사실이다.

리드는 점심값을 치르는 중이었다. 그는 케첩 대신 마요네즈를 골랐다. 또 우유가 아니라 아이스티를 골랐다. 그것만 빼면 다른 애들과 똑같았다. 햄버거 하나, 감자튀김, 완두콩과 당근 모음.

"리드, 우리 얘기 좀 할까?"

머릿수건을 두른 아주머니가 거스름돈을 내미는데, 그에게 다가가 말을 걸었다.

그는 나를 올려다보더니 누구인지 확인하고는 눈을 가늘게 떴다.

"어제 한 말 사과하고 싶어. 네 기분이 어떨지 미처 생각 못 했어."

내가 말했다.

리드는 계속 나를 주시했지만 아무런 대꾸도 하지 않았다. 마음속으로 무슨 생각을 하는지 전혀 알 도리가 없었다.

그는 시선을 돌리더니 느긋하게 주머니 속으로 잔돈을 떨어뜨렸다.

아주머니가 재촉했다.

"비켜 줄래?"

리드는 식판을 들더니 식당을 가로질러 걷기 시작했다.

나는 재빨리 리드를 따라잡았다.

"걱정이 돼서 말이야."

뒤를 따라 걸으며 말을 이었다.

"이따금 네가 다른 사람들을 대하는 걸 보면. 다른 사람들 감정에는 그다지 신경 쓰지 않는 것 같거든."

바보 같은 말이다. 당연히 그는 남의 기분이 나쁘거나 말거나 상관하지 않는다. 고통 유포자들은 타인의 감정 따위는 절대로 신경 쓰지 않는다. 아주 나중에야 비로소 신경을 쓴다. 어떤 때는 훨씬, 훨씬 더 나중에야.

내가 계속해서 말했다.

"네가 남들에게 함부로 하면 그게 너한테 어떻게 되돌아오는지 알아?"

리드는 여전히 나를 보지 않으려고 했다. 사실, 그는 아예 내가 없는 셈 쳤다. 그가 유일하게 내뱉은 말은 통로에 서 있는 여자애들 무리한테 "내 앞에서 꺼져."라며 으르렁댄 게 다였다.

내가 딱 부러지게 지적했다.

"봐, 그런 식으로 말하는 걸 들으면 사람들은 너를 존중하지 않아. 분명 너를 싫어해. 만약에 너를 두려워한다 해도 그건 미친 개한테 느끼는 두려움이나 다를 바가 없는 거야."

아까 그 여자애들은 자리를 찾았고, 리드는 계속해서 나아갔다. 그는 이제 아주 빠르게 걷고 있었다. 그를 따라가려면 총총대며 걸어야만 했다. 나는 작은 소리로 쉬지 않고 말을 했다.

"너는 이렇게 생각할지도 몰라, 나한테는 친구가 있고 걔들은 나를 좋아한다고 말이야. 하지만 십 대들은 유난히 불안한 존재들이잖아. 게다가 네 '친구'라는 애들은 분명 네가 별안간 자기들을 공격한다는 걸 잘 알고 있을걸. 별안간에."

그 말의 어감을 즐기며 되풀이해서 말했다.

"그래, 너는 별안간 그 친구들을 공격할 수 있지."

어느새 리드가 늘 앉는 자리에 도착했고, 그의 친구들이 이미 자리를 잡고 앉아 있었다. 드디어 리드가 입을 열었다.

"나한테서 꺼져."

입을 옆으로 삐죽거리며 그가 말했다.

"알았어."

나 역시 입을 옆으로 삐죽거리며 동의했다.

"난 그냥 너한테 생각할 거리를 주고 싶었을 뿐이야. 진정한 친구를 얻고 싶으면 네 행동이 누군가에게 믿음과 신뢰를 얻을 만한 행동인지 생각해 보고 싶을지도 모를 테니까."

리드가 마침내 입을 삐죽이는 걸 멈추었다. 나도 따라서 멈추었다. 왠지 마음이 가볍고 기쁜 게, 어쨌든 말을 하고 나니 그 동안 마음을 누르던 중압감이 사라지는 듯했다.

리드는 여전히 식판을 들고 서서 윗입술을 말며 나를 빤히 내려다보았다. 내 말에 감동을 받은 건지, 아니면 나를 또 때리고 싶은 건지 갈피를 잡기 힘들었다.

혹시라도 치고받게 되는 경우를 대비해 나도 모르게 어깨를 약간 구부렸다.

"너 완전 또라이구나."

리드 맥고완이 완벽한 확신을 실어 나에게 말했다. 그러더니 자기 친구들에게 걸어가 식판을 탁자에 내려놓고 자리에 앉았다. 우리의 인터뷰는 끝이 났다.

순간 숨을 탁 내뱉고 나서야 여태껏 내가 숨을 참고 있었다는 사실을 깨달았다.

할 말을 했는데도 그는 나를 때리지 않았다! 어쩌면 아직 지켜보는 눈이 많은 곳이라 참은 건지도 모른다.

하지만 내 말을 귀담아 듣고 있다는 뜻일 수도 있다.

둘 중 어느 경우든 나는 씨앗을 뿌렸다. 그 씨앗은 이제 뿌리를 내릴 기회가 생겼다.

어깨를 쫙 펴고 베일리에게 돌아갔다. 어쩌면 나중에 혼자서 조용히 내 말을 되새겨 볼지 모를 일이다. 만약 정말로 그렇게만 된다면 그가 이르게 될 결론은 하나뿐이다.

또 다른 K가 시작되었다.

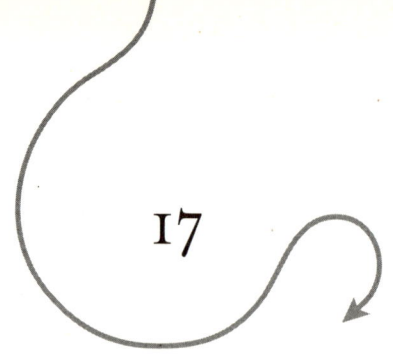

17

집으로 오는 길에야, 오후에 제이슨을 데리고 베일리네 집으로 가기로 했던 약속이 생각났다.

뭐, 오늘은 그냥 집에 있으라고 해야겠다. 그렇지 않아도 레인과 단둘이 시간을 보낼 기회가 있을까 말까 한데. 거기다 제이슨까지 있으면 그나마 있는 기회까지 줄어들잖아.

어차피 내가 늘 제이슨과 함께 있으려고 했던 건 아니었다. 제이슨은 '숀이 죽었다.' 라는 말을 하기도 전에 원래의 고독한 일상으로 되돌아갈 테니까.

거실로 들어가니 제이슨은 늘 앉던 자리, 텔레비전 바로 앞에서 조종기를 손에 쥐고 앉아 있었다. 내가 들어갔지만 고개를 들지 않았다. 제이슨이 말하지 않았다면 내가 온 걸 몰랐다고 생각했을 거다.

"늦었네."

제이슨이 돌아보지도 않고 말했다.

벽난로 선반 위에 있는 시계를 보았다. 손은 보통 세 시 삼십 분쯤 집에 오는데, 지금은 세 시 삼십오 분이었다.

"곧장 베일리 형네로 간 줄 알았네."

제이슨 치고는 긴 문장이었다.

오늘 오후를 고대하고 있었단 말인가?

그가 초대받지 않았다는 사실을 곧바로 알려 줘야만 한다.

하지만 대신 이렇게 입을 뗐다.

"어, 학교는 어땠어?"

아무 대꾸도 없었다. 손가락들만(뭐, 대개는 두 엄지손가락뿐이지만) 조종기 위에서 끊임없이 움직였다. 나는 손의 가방을 어깨에 둘러멘 채 가만히 서서 제이슨이 보라색 찐득이 세례를 퍼부으며 외계인 셋을 무찌르는 장면을 지켜보았다. 외계인들이 사라지자, 제이슨이 자기 병사들을 구석으로 데려갈 거라 생각하며 기다렸다. 구석에 가면 외계인들이 더 출몰할 게 분명했고, 그 중 몇몇은 희생자들을 산산조각 내서 부숴 버리는 레이저처럼 파란색 폭격을 쏘는 갈고리 발톱을 가지고 있는 부류일 거다.

짐작과 달리 화면이 멈추었다. 화면에 네모난 상자가 나타났는데, 그 안에는 이런 말이 쓰여 있었다. '계속하기, 선택하기, 메

뉴로 가기, 그만하기' 제이슨이 고를 선택을 보여 주는 지시어였다.

제이슨은 아무것도 고르지 않았다. 대신 몸을 돌려 나를 정면으로 바라보았다.

"갑자기 왜 나한테 그렇게 잘해 주는 건데?"

제이슨이 물었다.

내가? 잘해 줘?

"난 특별히 잘해 준 거 같지 않은데. 그냥…… 친절했지."

제이슨은 그냥 나만 쳐다보았다.

"아하!"

말은 그렇게 했지만 목소리의 몸짓과 표정에서 나타나는 저 빛은…… 저게 뭐더라?

의심.

"우리는 서로 미워했잖아. 생각 안 나? 원래 형은 나한테 친절하지 않잖아."

"난 너를 미워하지 않아."

제이슨은 잠시 나를 빤히 쳐다보았다. 그러더니 이상한 소리를 냈는데, '쳇' 하는 소리 같은, 입에서 내는 소리라기보다는 콧소리 같아서 반은 코웃음 같고 반은 말 같았다. 그러더니 다시 외계인들을 날려 버리러 갔다.

손의 방에다 가방을 놓고 베일리네 집으로 레인을 만나러 가야만 한다. 제이슨의 등을 보며 생각에 잠겼다. 나는 손이 정말로 제이슨을 미워했다고 생각하지 않는다. 미움이라기보다는 지독하게 습관처럼 되어 버린 짜증에 더 가까웠다.

반면, 제이슨이야말로 손을 미워한다는 말이 맞다. 기억을 되돌려 보면 처음부터 그런 건 아니었다. 처음에는 제이슨이 손을 귀찮게 하는 데서 시작했다.

제이슨은 왜 손을 귀찮게 했을까?

심심해서?

형이 좋아서?

관심을 얻고 싶어서?

셋 다?

제이슨의 등을 보고 있으니(손은 대부분 제이슨의 저 모습만 봤을 거다.) 갑자기 피곤함이 몰려왔다. 내 일을 하면서 수도 없이 많은 형제자매를 만났고, 그들은 서로에 대해 진정 알지도 못한 채 점점 사이가 벌어졌다. 그들이 나에게 올 때쯤에는 이미 후회해 봐도 소용이 없었다.

나는 속으로 생각했다. 나는 제이슨의 형이 아니야. 내 문제도 아니고, 내가 해결할 수 있는 문제도 아니야.

그렇지만…….

"나는 너를 미워하지 않아, 제이슨."

나는 되풀이해서 말했다.

제이슨이 다시 코웃음을 쳤다.

"내가 좋아서 오늘 나랑 같이 가자고 한 건 아닌 것 같은데."

제이슨은 화면에서 눈을 떼지 않았다. 제이슨으로서는 철저한 불신에서 나온 얘기였다.

마지막 말이 허공을 떠돌며 질문으로 남는 건 왜일까?

그 말들은 허공을 떠돌다 의도하지 않은 덫으로 내 주변으로 온통 떨어져 내렸다. 내가 같이 가자고 한 건 제이슨이 좋아서였다. 그런데 지금 제이슨더러 집에 있으라고 하면 그야말로 제이슨의 불신에 기름을 붓는 격이겠지.

몸을 돌려 서둘러 숀의 방으로 가서 가방을 던져 놓은 다음 문을 닫고 벽에 기대섰다.

내 안에서 묘한 감정이, 서로 상반된 욕망이 끓어올랐다. 이것이 좌절인가? 확실히 알기 어려웠다.

나는 내가 하고 싶은 대로 할 수 있다. 제이슨을 데려갈지 말지 선택권은 나에게 있다. 아무도 나에게 강요하지 않는다.

하지만 속이 부글부글 끓었다. 감정을 식히기 위해선 환기구라도 있어야 할 것 같았다.

마음속으로 결심했다. 욕을 할 거야. 그래. 제이슨을 데려가겠지만 먼저 욕을 할 거야. 그래서 좌절감을 내 마음속에서 몰아낼 거야.

하지만 내가 아는 그 어떤 욕을 해도 기분이 풀리지 않을 듯싶었다. 미국 사람들이 하는 욕의 대부분은 완전히 자연스런 육체의 기능과 연관이 있는 거라서 왜 그게 사악한 말로 인식이 되는지 도무지 이해가 되지 않았다. 그런 욕으로는 성이 차지 않았다. 흔히 쓰이면서도 욕이 욕처럼 느껴지는 유일한 말은 'd'로 시작해서 'mn'으로 끝나는 욕인데, 그 욕은 쓰고 싶은 생각이 전혀 없다. 그 말이 진정 무슨 뜻인지 안다면 어떤 인간도 그 말을 입 밖으로 내뱉으려 하지 않을 거다.*

어쨌든 시도는 해봤다.

"젠장! 제기랄! 아휴! 빌어먹을! 망할!"

'망할!' 이 그나마 효과가 있는 것 같아 계속 그 욕을 했다.

"망할! 망할! 망할!"

욕을 한 번 할 때마다 주먹으로 허벅지를 쳤다. 큰 소리는 내지 않았다. 그럴 수는 없었다. 욕의 즐거움은 목소리 크기에 있는 게 아니라 격렬함의 강도에 있다.

그러고 나니 기분이 약간은 나아졌다. 최소한 기분 전환은 되었다.

몸을 바로 한 다음, 제이슨처럼 손으로 머리를 헤집고는 숨을 깊이 들이쉬었다 천천히 길게 내뱉었다. 지금도 내 계획이 성공리에 완료될지도 모른다는 희망의 끈을 놓지 않았다는 걸 깨달았

---

* 'damn'은 우리말로 옮기면 '제기랄, 젠장'에 해당하는 욕이지만 종교적인 의미로는 '지옥에서 끝없는 형벌을 받도록 선고하다.'라는 뜻이 있다.

다. 실패하기가 더 쉽겠지만 여전히 조금은 가능성이 있다.

 이것이 영원히 인간의 가슴속에서 솟아나고 있다는 그 희망인가?

 다시 거실로 돌아왔다.

 제이슨에게 유쾌하게 말했다.

 "자, 갈 거야 말 거야?"

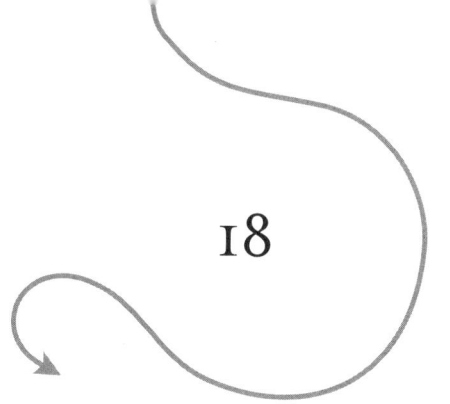

18

"안녕하세요, 아줌마."

현관에서 베일리의 엄마를 보고 내가 인사했다. 오늘 내 사랑과의 결합을 성취할 마지막 비장의 기회는 베일리 말고도 이미 세 아들을 길러 낸, 뚱뚱하고 다소 어수선하지만 불행히도 어리석지는 않은 이 주부의 손에 달려 있었다.

"안녕, 제이슨. 어서 와라, 손."

그녀가 문을 열며 인사를 건넸다.

"그런데…… 왠지 에디 하스켈* 같은 목소리에 뭔가 꿍꿍이가 있는 듯한 표정인데?"

---

*미국의 TV 시트콤 〈비버는 해결사〉에 나오는 등장인물로, 어른들에겐 예의바르고 싹싹하지만 아이들을 괴롭히는 이중성격의 소유자다.

집 안으로 들어가는데 그녀가 물었다.

"살아 있기에 좋은 날이네요."

내가 그녀에게 말했다.

"그래, 그렇구나."

다넬 부인이 주저 없이 동의했다.

베일리가 느린 걸음으로 거실을 가로질러 왔다.

"왔구나."

베일리가 우리 둘을 반겼다.

"아, 엄마. 숀이 공부를 좀 해야 할지도 모르는데, 아빠 서재 좀 써도 돼?"

베일리에게 신의 축복이 있으라. 베일리는 나에게 사랑의 둥지를 제공하기 위해 최후의 노력을 기울이는 중이었다.

"숀이 공부를 하고 싶다구?"

부인은 베일리의 말을 똑같이 되풀이했지만 끝을 살짝 올렸다. 그녀가 나를 위아래로 훑어보았다.

"그런데 책도 안 가져왔어?"

아차!

"그리고 네 방에서 하면 되잖아?"

다넬 부인이 베일리에게 물었다.

"제이슨이랑 같이 거기서 게임을 할 거라서."

"그럼 숀은 주방 조리대를 쓰면 되겠구나. 아빠는 애들이 서재에 들어가는 거 안 좋아하시잖니."

주방 조리대는 정신적, 육체적 결합을 성취하기에 그럴싸한 장소가 아니었다. 주방은 다른 세 방 모두에 개방된 공간이다.

뒤이어 초인종이 울렸다.

"나가 봐."

베일리가 나에게 말했지만 벌써 베일리의 엄마가 문을 열고 있었다.

"어, 안녕하세요."

레인의 아름답고 경쾌한 목소리였다.

"공부하러 왔는데요. 숀이랑."

"아, 그래. 어서 들어와."

다넬 부인이 아주 침착하게 말했다.

책 한 권과 폴더 하나를 품에 안고 들어서는 레인을 향해 내가 빙긋 미소를 던졌다.

베일리의 엄마가 베일리에게 눈길을 주었다. 그러더니 고개를 돌려 잠시 나를 쳐다보았다. 내가 그녀의 마음을 읽는 것보다는 그녀가 내 마음을 읽는 게 분명 한 수 위일 터였다.

"아하!"

부인이 공연히 그렇게 감탄사를 내뱉었는데, 그게 무슨 뜻인지 선뜻 와 닿지 않았다. 그러더니 이렇게 덧붙였다.

"레인, 너는 숀이랑 주방으로 와서 공부해. 너희들 책 펴놓기에는 공간이 충분할 거야."

부인의 목소리는 유쾌했지만 확고했다.

나는 베일리를 쳐다보았다. 영웅적인 노력이었네, 친구. 하지만 백기를 들 때가 왔다네.

"알겠습니다."

공식적으로 항복을 선언하며 부인에게 말했다.

실망스러웠지만 견디기 힘들 정도는 아니었다. 레인과 함께 있다는 것만으로도 내 모든 감각들에 생기가 감돌았다.

다넬 부인이 우리를 주방으로 안내했다. 레인이 부인을 뒤따라갔다. 그녀와 이렇게 가까이 있다는 것만으로 어떻게 이렇듯 하늘을 둥둥 떠다니는 느낌이 드는지 참으로 신기했다.

부인이 찬장을 열어 구석구석 살피는 동안 레인과 나는 둥근 의자에 앉았다.

"숀은 치토스를 좋아하던데. 프레첼이랑 당근 스틱, 초코파이도 있고. 뭐 먹을래, 레인?"

"저는 괜찮아요, 고맙습니다."

레인이 조리대에 책과 폴더를 올려놓았다.

"너는 기하학 책 안 가져왔어?"

레인이 나에게 물었다.

"깜빡했어."

내 앞으로 치토스를 쓱 밀며 부인이 다시 나를 쳐다보았다.

"가서 가져올 거야?"

레인이 물었다.

"아냐."

"레인, 코카콜라 아니면 펩시?"

다넬 부인이 물었다.

"말씀은 고맙지만 목 안 말라요."

"손은?"

"펩시 주세요."

내가 대답했다. 코카콜라는 어젯밤에 이미 마셨다.

다넬 부인은 냉장고에서 파란 캔 하나를 꺼내 나에게 주고 주방 밖으로 나갔다. 나는 캔을 따지 않았고 치토스도 먹지 않았다. 대신 한쪽 팔꿈치를 기댄 채 레인이 기하학 폴더를 여는 모습을 지켜보았다. 그녀는 주머니에 꽂혀 있던 연필을 뽑았다.

"어디부터 했으면 좋겠어?"

그녀가 물었다.

레인 뒤로 주방 옆에 딸린 작은 세탁실에 있는 다넬 부인의 모습이 보였다. 부인은 바구니에서 옷들을 꺼내 커다란 하얀색 세탁기에 집어넣는 중이었다.

레인이 어찌나 내 옆에 가까이 앉아 있는지 조금만 기대면 그녀의 귀를 물 수 있을 정도였다. 그녀의 머리칼에 손을 대면 이번에도 깜짝 놀랄까 궁금해하며 내가 말했다.

"음, 네가 골라."

내 말에 레인은 다소 당황스런 눈치였다. 그녀의 이마에 살짝 주름이 졌다. 그녀의 눈동자는 다채로운 갈색 빛을 띠고 있었는데, 동공 주변은 밝은 갈색, 홍채 가장자리는 짙은 갈색이었다.

그녀는 어깨를 으쓱하더니 휘리릭 책장을 넘겼다.

"저, 너는 뭐가 어려운데?"

"전부 다."

전부 다 하려면 시간이 더 걸릴 테니까. 숨을 들이마시며 그녀 쪽으로 몸을 기울였다. 그래, 향기가 나. 희미하지만 달콤한.

"그럼 조금 자세히 설명을 해야겠네."

그녀가 여전히 책장을 넘기며 눈살을 찌푸렸다. 그녀의 손은 매우 아름다웠고, 달걀 모양의 분홍빛 손톱 끝마다 하얀 초승달 모양이 보였다.

"삼각형 부분은 괜찮니?"

"삼각형은 알아."

내가 고개를 끄덕였다. 취한 느낌이 이런 걸까? 그녀의 피부는 내가 보았던 그 무엇보다 더 보드라워 보였다. 그녀의 피부에 내 손끝을 대 보고, 얼굴과 목을 어루만지고, 벗은 배와 허벅지를 쓰다듬고 싶다. 그녀의 배꼽도 보고 싶다. 지금껏 내가 본 유일한 배꼽은 손의 배꼽이 다였다.

"종류가 서로 다른 삼각형은 이해가 됐어? 이등변 삼각형, 정

삼각형 이런 거?"

"응."

"좋아. 그럼 피타고라스의 정리는?"

그녀가 고개를 돌려 나를 쳐다보았다.

"그거는 어렵니?"

마치 몸 안에서부터 내가 녹아내리고 있는 듯했다.

"설명해 줘 봐."

갑자기 말이 모호하고 어렴풋하게만 느껴져서 호흡을 말로 바꾸기도 힘들었다.

레인이 책장을 몇 장 더 넘겨 마음에 드는 곳을 찾았다.

"직각 삼각형 보이지?"

그녀가 손가락으로 짚으며 물었다.

"직각에 마주 대하는 게 빗변이야."

나는 그녀를 지켜보며 그녀가 입술을 움직여 소리를 만들어 내는 모습을 관찰했는데, 수백 개도 넘는 소리가 자연스럽게 이어지는 바람에 어디서 한 소리가 끝나고 어디에서 다른 소리가 시작되는지 분간하기가 힘들었다. 살짝살짝 드러나는 그녀의 혀와 치아들을 보며, 그녀의 혀와 이가 내 몸을 핥고 깨물면서 움직이면 과연 어떤 느낌일까 머릿속으로 상상의 나래를 폈다.

레인이 설명을 멈췄다.

"추워?"

"아니."

"떨고 있는 것 같은데."

"아니야."

거짓말이었다.

"공식은 생각나?"

"어떤 공식?"

그녀가 손을 책장의 한 부분에 가져다 댔다.

"피타고라스 정리에서……."

"$a^2 + b^2 = c^2$"

"좋아. 그럼 그게 무슨 뜻이지?"

"그 뜻은 말이지, 직각 삼각형의 빗변을 한 변으로 하는 정사각형의 면적은 다른 두 변을 각각 한 변으로 하는 두 개의 정사각형의 면적의 합과 같다는 거야."

"와, 너 정말 금세 배운다."

"선생님이 좋아서 그렇지."

그녀가 그 말을 들으면 좋아할 거라 생각했는데, 의외로 조리대를 내려다보며 얼굴을 찡그렸다. 잠시 뒤 그녀가 말했다.

"숀, 너 정말 기하학에서 내 도움이 필요한 거 아니지, 그렇지?"

"그래."

내가 인정했다.

"그런데 왜 나한테 부탁했어?"

"너랑 같이 있고 싶어서."

그녀는 책장 끄트머리를 손가락으로 문질렀고, 이마에는 다시 주름이 졌다.

"무슨 뜻이야, 나하고 같이 있고 싶다는 게?"

"네가 있는 곳에 있겠다는 거지."

다시 생각에 잠긴, 아니, 조심스런 침묵. 그러고는……

"그러니까, 농담 같은 거니?"

"아니."

그녀가 나를 보려고 하지 않다니 이상했다. 그녀를 불편하게 만들기 싫었다. 나는 그녀를 기쁘게 만들고 싶었다.

"너는 내가 본 여자애들 중에 가장 아름다워."

그녀가 일기에 윤곽을 잡아놓은 첫 번째 단계를 밟으며 그녀에게 말했다.

드디어 그녀가 나를 올려다보았다. 그런데 좀 이상했다.

그녀는…… 기분이 상했나?

"그래, 네가 나를 놀리고 있다는 거 잘 알아."

그녀가 단호한 목소리로 말했다.

"아니야. 그런 거 아니야."

"내가 예쁘지 않다는 거 나도 알아."

"넌 정말 예뻐."

"안 예뻐."

"예뻐."

왜 내 말을 안 믿지? 자기가 아름답다고 생각하지 않기 때문에? 그게 내 생각과 무슨 상관이 있는 거지? 그게 현실과 무슨 상관이 있는 거지?

"아줌마, 레인이 아름답지 않나요?"

한쪽 허리로 균형을 잡으며 갠 옷들을 담은 동그란 플라스틱 바구니를 들고 주방으로 들어서는 부인에게 내가 물었다.

부인은 잠시 멈칫했다. 그녀는 레인을 위아래로 훑어보았다. 그러더니 확실하게 말했다.

"그래, 아주 매력적이구나. 특히 머리칼과 눈은."

부인은 바구니를 다른 쪽으로 바꿔 들었다.

"너희 둘 다 끝났니? 다 했으면 숀이 이 바구니 좀 베일리에게 가져다 줄래?"

"나는 가는 게 좋겠어."

레인이 책을 덮고 자리에서 일어서며 말했다.

내가 말렸다.

"안 돼. 가지 마. 제발."

"우리 공부 다 끝났잖아, 숀."

"그렇다고 가야 되는 건 아니잖아!"

마치 모든 공기가 방 밖으로 빨려나가는 듯했다.

디넬 부인은 이 모든 광경을 지켜보고 있었다. 마침내 부인이 입을 열었다.

"서두를 필요 없어, 레인. 둘이 가서 베일리와 제이슨이 뭐하나 구경해 보는 건 어때?"

"그래! 가서 우리 같이 '텍토닉 워리어즈 2' 하자."

나는 자포자기하는 심정으로 애원했다.

부인의 한쪽 눈썹 끝이 올라갔지만 그녀는 아무 말도 하지 않았다.

"그게 뭔데?"

레인이 물었다.

"비디오 게임이란다."

부인이 대신 대답해 주었다.

"어떻게 하는지 모르는데. 비디오 게임은 거의 해보지를 않아서."

"그럼 이번이 배울 좋은 기회네."

부인이 나에게 세탁 바구니를 건네며 가볍게 덧붙였.

"도와 줄 전문가가 셋이나 되니까."

나는 부인을 쳐다보았다. 부인은 일이 어떻게 돌아가는지 정확하게 파악하고 있는 듯했다. 게다가 지금은 내편인 것처럼 보였다! 비록 육체적 결합을 향한 탐구는 허락하지 않았지만 내가 사랑받도록 도와주는 게 즐거워 보였다.

"제발."

내가 애원했지만 레인은 주저하는 기색이 역력했다. 숀과의 꿈을 실현할 수 있는데 대체 뭣 때문에 주저하는 거지?

당연히 얼씨구나 좋아할 줄 알았는데. 아직은 너무 이르다고 생각하는 듯했다. 내 예상은 빗나갔고, 이제 내가 할 수 있는 건 그 균형이 맞을 때까지 기다리는 일뿐이다.

"뭐. 그럼 잠깐만 있다 갈게."

"좋았어!"

나는 의자를 뒤로 휙 밀어붙이고 자리에서 벌떡 일어섰다.

"가자!"

레인은 자기 의자를 천천히 밀어냈다. 하지만 마음 약한 눈길로 나를 흘깃 쳐다보았고, 나는 약간의 희망을 얻었다.

"고맙습니다."

우리 옆을 지나가는 부인에게 내가 속삭이듯 말했다.

"문은 꼭 열어 놔라, 숀."

부인이 한 말은 이게 전부였다.

레인 말이 맞았다. 그녀는 비디오 게임을 못 했다. 그렇지만 민감한 편이어서 자기 실수를 놓고 비명을 지르거나 낄낄거리며 웃지도 않았다. 그녀는 자기 점수가 낮은 것을 심각하게 받아들이는 듯했고, 상당히 난처해하는 기색이었다. 나는 베일리의 침대 끝에 앉아서 그녀를 자세히 관찰했다. 그녀가 내 옆에 벌거벗은 채 누워 있다면 더 좋았겠지만 옷을 다 입고 있어도 그녀를 보는 게 즐거웠다. 그녀는 용감하게 시도를 했지만 계속 외계인 죽이기에 실패해서 이제는 아예 얼굴에 분홍빛이 자리를 잡았다. 특히 화면 속 그녀의 병사들이 빙글빙글 제자리를 돌면서 자기 발밑에 대고 불을 내뿜을 때는 더더욱.

제이슨은 레인 옆에 앉아 히죽히죽 웃어 댔다. 하지만 레인이 자신을 바라볼 때면 재빨리 얼굴에서 웃음을 싹 지워 버렸다.

"걱정하지 마. 금방 요령을 터득할 테니까."

제이슨이 진지하게 충고했다.

저건 대부분의 사람들이 절대 알아채지 못하는 제이슨의 모습이다. 다른 사람의 감정을 배려하려고 노력하는 제이슨. 제이슨은 내 사랑에게 상냥하게 대하고 있었다. 나는 제이슨의 뒷모습에 애정 어린 시선을 던졌다.

레인이 조종기를 손에서 놓았다.

"난 최악이야."

그녀가 말했다.

"연습 게임부터 할 걸 그랬어."

제이슨이 제안했다.

"이리로 와. 그냥 앉아 있자."

내가 내 옆자리를 톡톡 치며 말했다.

"베일리, 저거 다 네 책이니?"

레인이 일어서며 말했다.

베일리는 게임을 하지 않고 컴퓨터 책상에서 의자를 꺼내 앉아 제이슨과 레인이 게임을 하는 모습을 지켜보았다. 아니 그보다는 레인을 지켜보고 있는 듯했다. 알고 보니 베일리의 표정은 어제 식당에서 내가 레인과 섹스를 하려는 의도가 있다는 걸 깨달았을 때 보였던 그 표정과 비슷했다.

레인은 내가 어제 자세히 살폈던 바로 그 책장 앞에 서 있었다. 그녀는 흩어져 있는 물건들은 보지 않고 곧바로 몸을 숙여 책 제목들을 유심히 쳐다보았다.

"너『데졸레이션 오브젝트』좋아해?"

그녀가 돌아보지 않고 베일리에게 물었다.

"어."

늘 그렇듯 태평스런 말투로 베일리가 대답했다.

"뭐,『탄수카이』만큼은 아니지만. 그래도 괜찮은 편이야."

레인이 자세를 바로잡았다.

"『탄수카이』? 너 아니메* 보니?"

"어."

"아니메와 망가 중에서 뭐가 더 좋아?"

"아니메. 너도 봐?"

---

* 제페니메이션(Japanimation)이라고도 한다. 일본 특유의 구성이 드러나는 애니메이션을 일컫는다.

"응. 망가를 더 좋아하긴 하지만. 아니메는 너무 검열을 많이 하잖아. 게다가 더빙한 목소리는 꼭 캘리포니아 서퍼들 같고."

"그래도 나카무라 목소리는 좋던데. 나카무라는 짱이야."

"응. 게다가 대사도 멋지잖아. 너 나카무라가 론의 목을 베려고 하면서 이렇게 말하는 거 봤어? '사랑하는 형제여, 네 편도에 바람을 느낄 준비를 하라.'"

"나는 나카무라가 군벌 둘과 싸우면서 말하는 게 인상 깊더라. 이렇게 말했잖아, '머지않아 불행히도 너희 창자들은 복부에 난 구멍 밖에서 시들어 갈 것이다.'"

"제일 좋아하는 캐릭터는 누구야?"

"코하누랑 미나."

"왜?"

"음. 코하누가 순진한 게 마음에 들어. 그리고 미나는 싸우는 게 근사하잖아."

베일리가 앞으로 다리를 쭉 뻗으며 말했다.

"나는 닥터가 좋아. 나는 비밀스런 과거를 지닌 신비스럽고 멋진 악당들이 좋더라."

동의한다는 건지 이해한다는 건지 분간은 못 하겠지만 베일리가 고개를 끄덕였다. 베일리는 더 이상 아무 말도 하지 않았지만 레인이 다시 자기 책 쪽으로 몸을 돌렸는데도 그녀에게서 눈을 떼지 않았다. 내가 보기에는 가슴이 풍만하고 매력적이며 도도한

망가 소녀들도 지금 자신의 방에서 관심을 공유하며 살아 있는 레인 헨네버거와 비교했을 땐 빛이 바래는 듯했다.

나는 흡족해하며 마음속으로 생각했다. 사랑스럽지 않니? 쟤가 내 여자야!

"빌려 가고 싶은 거 있으면 말해."

베일리가 레인에게 말했다.

내가 아는 한 베일리는 자기 책을 남에게 빌려 주는 일이 거의 없다. 그는 자기 책을 몹시 아꼈다.

레인이 어깨 너머로 베일리를 힐긋 쳐다보았다.

"사실『데드 맨 라이징』시리즈를 빌려 가면 안 될까 생각했는데."

"괜찮으니까, 그럼 두세 권 가져 가."

"아니면 지금 여기서 읽고 가도 되고. 여기 누워서 읽어."

내가 권했다.

"안 돼. 다섯 시까지는 가야 돼."

"처음 몇 권만 빌려 가."

베일리가 말했다.

"정말 그래도 돼?"

"어. 언제든 다 읽으면 가져오고 다음에 더 빌려 가."

"잘 됐다! 고마워."

레인은 베일리에게 이렇게 말하고 얼굴 가득 미소를 지으며 세 권을 꺼냈다.

"이제 가야겠어."

"내가 집까지 데려다 줄게."

내가 자리에서 일어서며 재빨리 제안했다. 밖에 나가면 단둘일 테니 어쩌면 손은 잡을 수 있을지 몰라.

진짜로 손을 잡았고, 내 생애 최고의 경험이었다. 언덕 위로 올라가면서 손을 뻗어 그녀의 왼손을 잡았는데, 그녀의 손은 따스하면서도 약간 축축했다. 엄밀히 말하면 이승에 온 첫날 밤, 빵 위에 얹었던 핫도그보다 더 크고 더 통통하며 더 말랑말랑한 느낌이랄까.

하지만 숀의 엄마와 비교하면 이 감촉은 여러모로 훨씬 뛰어났다. 그녀의 손은 보드라웠고, 답례로 내 손을 다정하게 꼭 잡아 주었다.

나는 그 감촉을 굉장히 즐겼다.

우리가 함께 걸을 때, 그녀의 머리칼이 바람을 따라 살랑였고, 걸을 때마다 그녀의 가슴이 조금씩 출렁이는 게 보였다.

처음에는 둘 다 아무 말도 없었지만 언덕을 오르며 레인이 먼저 말을 꺼냈다.

"아직도 넌 뭔가 예전 같지가 않아."

손을 잡지 않은 다른 손으로 내 뺨을 느껴 보았다. 나는 미소를 짓고 있지 않았다.

"네 눈은 좀 묘해, 아니 묘한 게 아니라……."

그녀가 재빨리 이렇게 덧붙였다.

"묘하게 달라. 그러니까 뭐랄까…… 잘 모르겠다."

"불꽃이 튀겨?"

내가 물었다. 거울 속에서 숀의 눈을 관찰했을 때, 나에게는 정말 황홀한 모습이었지만 일반적으로는 그냥…… 젖은 눈빛이었다.

"뭐랄까…… 눈동자 뒤에 수도 없이 많은 것들이 있는 것 같아. 경험들이랄까."

그녀는 적당한 말을 찾기라도 하는 양 아주 천천히 말을 했다.

"행복. 그리고 슬픔. 무수한 슬픔."

그녀는 눈동자만 보고 이 모든 걸 알아냈다.

레인 헨네버거. 넌 정말 예민한 소녀야.

우리는 현관 앞 계단까지 걸어가서 문 앞에 멈춰 섰다. 잡은 손을 빼지 않고 레인이 내게로 몸을 돌렸다.

"정말 즐거웠어."

"나도."

당연히 안으로 들어갈 거라 생각했는데, 그녀는 무언가를 기다리는 듯 가만히 서 있었다. 혹시 숀의 미소를 다시 보고 싶어 하나 싶어서 나는 씨익 웃어 주었다.

"그럼, 집까지 같이 와 줘서 고마워."

그녀가 말했다.

"천만에."

침묵.

다음 순간 그녀가 말했다.

"그럼. 이제 가 봐야 할 것 같아."

"꼭 가 봐야 한다면."

"난…… 가야 돼."

그녀는 나에게서 손을 빼 현관문 손잡이로 뻗었다.

"그럼 내일 볼까?"

"내일."

부디 실현되기를 희망하며 내가 약속했다.

"안녕."

그녀가 인사를 했다. 나는 그녀가 집 안으로 걸어 들어가는 모습을 지켜보았다. 그녀는 정말 아름다웠고, 나는 그녀를 무척 사랑했다.

다시 언덕 아래로 내려오며 묘하게 기분이 들떴다. 비록 내가 바랐던 대로 되지는 않았지만 왠지 그리 실망스럽지가 않았다.

나는 생각했다. 아마도 그건, 나에게 레인 헨네버거와 완전한 경험을 성취할 기회가 아직 남아 있다고 느꼈기 때문일 거다.

혼잣말로 중얼거렸다. 하루만 더. 내게 필요한 건 딱 하루야.

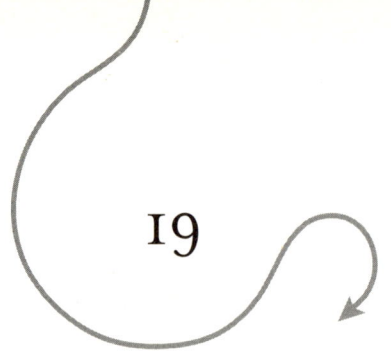

19

베일리네 집으로 되돌아오니 제이슨은 쉬고 있었다. 텔레비전 앞 방바닥에 앉아 레인과 내가 그랬듯이 방 안을 둘러보는 중이었다. 베일리는 컴퓨터를 켜서 온라인 포커 게임을 했다.

다시 침대에 앉아 무릎 위에 팔꿈치를 얹고 앞으로 기대어 인간의 눈에 대해 생각에 잠겼다. 어떤 인간들은 그저 눈만 보고도 어떻게 그렇게 많은 걸 알아챌 수가 있는지 놀랍기 그지없었다.

삐-삐-삑! 베일리의 컴퓨터 화면에서 갑자기 작은 상자 하나가 툭 튀어나오는 바람에 나도 모르게 팔딱 뛰어올랐다.

베일리가 상자 속 메시지를 읽는 동안 꼿꼿이 앉아 경계를 늦추지 않았다. 설마 여기에서 나한테 접속하려고 하지는 않겠지?

베일리가 바로 답장을 치는 걸 보니 특별한 메시지가 아닌 건 확실했다.

나는 진저리를 치며 시선을 돌렸다.

"형, 저거 쳐?"

제이슨이 묻는 말이 들렸다. 제이슨은 베일리의 기타를 바라보고 있었다.

베일리가 제이슨이 말하는 게 뭔지 보려고 힐긋 쳐다보았다.

"가끔."

베일리가 멍하니 대답했다. 베일리는 엔터 키를 눌러 메시지를 보낸 다음 다시 포커 게임으로 돌아갔다.

더는 상자가 뜨지 않았다.

생각해 보니 제이슨이 자발적으로 화제를 제기한 셈이었다. 나는 제이슨에게 관심을 돌렸다. 어찌된 일인지 그의 관심을 사로잡은 건 기타였다. 제이슨의 시선이 기타의 물결치는 듯한 홍백색 곡선을 따라 움직였다. 솔직히 인정하지만, 아주 근사한 기타였다.

"치고 싶으면 쳐도 돼."

베일리가 제이슨에게 말했다. 제이슨은 기타에서 베일리로 시선을 돌렸다가 다시 기타를 쳐다보았다.

"정말이야?"

제이슨이 물었다.

"어. 조심만 해 줘."

잠시 머뭇거리던 제이슨이 받침대에서 기타를 살살 들어 올렸다. 제이슨은 의자에 깊숙이 앉아서 무릎 위로 조심스럽게 기타를 안았다. 아주, 아주 가만가만히 한두 줄을 뜯어 보았다. 그런데 아무 소리도 없이 윙, 하고 울리는 소리만 들렸다.

"괜찮으니까 앰프 켜."

베일리가 말했다.

제이슨은 몸을 구부려 스위치만 뚫어져라 쳐다보았다. 드디어 제이슨이 '켜짐'이라고 쓰인 스위치를 눌렀다. 다시 한 손가락을 줄에다 대고는 잠시 사이를 두었다가 재빨리 기타를 퉁겼다.

부와와와왕!

"미안, 미안."

제이슨이 황급히 손으로 기타 줄을 눌러 소리를 진정시켰다.

"그냥 소리를 줄여."

베일리가 쳐다보지도 않고 말했다.

제이슨은 몰래 나를 훔쳐보더니 앰프 스위치를 만지작거렸다. 그러더니 몇 번 더 기타 줄을 튕겼는데, 그 소리가 얼마나 작은지 나한테는 거의 들리지도 않았다.

음악도 아니었고, 숀의 시디에서 들었던 노래와도 달랐지만 듣기 싫지는 않았다. 각각의 키가 제 위치를 벗어난 것처럼 들리기는 했지만 결국 그 소리의 주인은 제이슨이었고, 제이슨과 잘 어울렸기 때문에 그 소리가 마음에 들었다. 이 소음은 오로지 제이슨의 것이고, 따라서 딱 맞춰진 조화된 화음과는 별개로 나름의 매력이 있었다.

부드럽게 기타를 뜯는 소리를 들으며, 행여 작은 상자들이 뜰까 봐 일부러 끔찍한 컴퓨터 화면으로부터 멀찍이 눈을 돌렸다.

"나도 이런 거 하나 있으면 좋겠다."

제이슨의 말투에서는 예배당에나 어울릴 법한 정숙한 숭배의 분위기가 풍겼다. 하지만 제이슨은 분명 기타를 두고 말하는 거였다. 손가락으로 둥글게 기타의 목을 감는 제이슨의 모습은 아주 자연스러워 보였다.

"네 형 거 있잖아."

베일리였다.

"못 써."

"왜?"

"나한테 안 빌려 줘."

그건 사실이었다. 숀은 항상 제이슨이 기타 가까이 오지도 못하게 했다. 2년이 넘게 기타에 손도 대지 않았지만 아마도 숀은 혹시라도 흥미가 생길 경우를 대비해서 고장 나지 않게 잘 보관해 두고 싶었나 보다. 제이슨은 뭐든 잘 망가뜨리기로 악명이 높으니까.

하지만 제이슨이 숀의 기타를 망가뜨린다 해도 나와는 상관이 없다.

"괜찮으니까 써. 상관없어."

내가 말했다.

제이슨은 아무 대꾸도 없이 중요한 문제가 아니라는 듯 무심히 기타 줄만 퉁겼다.

하지만 나중에 집으로 가는데, 제이슨은 마음이 들썩이는지 약간 초조해하며 걸었다. 그게 무슨 뜻인지 나로서는 분명치 않았다. 다리를 하도 빠르게 움직여서 보조를 맞추려면 아주 빨리 걸어야 했다.

마침 덩굴 풀로 뒤덮인 커다란 굴뚝이 달린 집 앞을 지나는데, 여기가 제이슨과 닮은 데가 많은 8학년짜리 남자애가 사는 집이라는 게 생각났다.

나는 속으로 생각했다. 제이슨에게 흔적을 남길 기회야.

"저 집 보이지?"

제이슨에게 물었다. 제이슨이 그 집을 힐끗 쳐다보았다.

"어."

"저기가 너랑 사회 수업을 같이 듣는 애가 사는 집이야. 이름은 카슨. 빨간 머리야."

"아, 걔!"

"그래. 걔네 집에 들러서 우리 집에 놀러 오라고 해봐."

"뭐?"

"지금 바로. 가서 초인종을 누르고 걔한테 너랑 같이 비디오 게임 하게 오라고 해."

도와주려고 재차 말했다.

"말도 안 돼."

"너희들은 관심사가 같은 게 많아. 친구가 될 수 있어."

제이슨은 걸음을 늦추지 않은 채 그 집을 살폈다. 제이슨이 무슨 생각을 하는지 알 길이 없었다.

"나는 걔를 알지도 못해."

"가서 초인종을 누르면 알게 될 거야."

"싫어. 신경 꺼."

제이슨이 아주 신경질적으로 쏘아붙였다. 그러면서 팔을 세차게 흔들며 사납게 성큼성큼 걸어갔다. 나는 제이슨이 친구를 사귀는 것 자체를 일부러 거부하는 게 아닐까 하는 생각이 들었다. 제이슨 같은 아이에게는 간단한 문제가 아니겠지.

그런데 막상 제이슨이 입을 열었을 때, 그건 전혀 우정과는 관련이 없는 얘기였다.

"있잖아."

화가 난 목소리였다.

"형 정말 나한테 기타 쓰게 할 거야? 만약에 형이 나한테 간섭하고 그러면, 나는, 나는, 나한테 간섭하지 않는 게 좋을걸."

"너한테 간섭하려는 게 아니야. 정말로 내 기타 써도 돼."

내가 분명히 말했다.

"기타 코드 책 같은 것도 있지 않아?"

"지금은 없어."

예전에 침대 밑에서 찾아냈지만 아주 오래된 정체불명의 액체가 말라붙다 못해 딱딱하게 굳어 있어서 숀은 그 책을 내다 버렸다.

"어."

단 한 마디였지만 이번에는 말 속에 숨은 감정이 확실히 느껴졌다. 실망감으로 기운이 빠진 말투였다.

한 번도 기타를 쳐 보지 않았지만 이론상으로는 코드의 위치를 다 알고 있다. 그렇게 치면 이론상으로는 키보드 치기도 전문가다. 실상은, 안타깝게도 완전히 다르다.

그래서 도와주겠다고 입도 벙긋하지 않았다.

오늘 저녁 식사는 다른 때와 달리 다소 심란했다. 숀의 엄마가 식탁 위에 구운 닭을 차리면서부터 시작되었다. 닭이 식탁 위에 반짝거리며 놓여 있는데, 핫도그나 햄버거와는 달리 닭은 한때 살아 있던 생명체였다. 아직도 근육 조직이 붙어 있었다. 숀의 엄마가 다리 하나를 뚝 잘라 제이슨의 접시에 올려놓는데, 닭 뼈들이 즙을 뚝뚝 흘리며 빙그르르 돌았다.

신기하기도 하고 혐오스럽기도 해서 뚫어져라 쳐다보았다. 갑자기 닭이 벌떡 일어나 걸을 것만 같았다.

"가슴살 먹을래, 다리 먹을래, 숀?"

칼을 휘저으며 숀의 엄마가 나에게 물었다.

나는 속으로 생각했다. 만약 저기 누워 있는 게 피너츠라면 그녀는 죽어라 비명을 지르겠지.

"원래 내가 뭘 먹었지?"

메스꺼워 해서는 안 된다고 스스로 다짐하면서 내가 물었다. 숀이라면 그러지 않을 테니까.

"응?"

"아! 가슴살."

겨우 기억해 내고는 내가 말했다.

"가슴살 조금 먹을게. 그냥…… 많이는 말고."

그녀는 나에게 가슴살을 몇 조각 건넨 뒤 먹기 시작했다. 두 사람은 열심히 먹는데, 나는 맛볼지 말지 결정을 내리지 못하고 접시에 놓인 닭만 쿡쿡 찔러 댔다.

나는 대신 크림콘*을 먹었다. 그래, 이 맛이야.

"엄마, 나 기타 배워도 돼?"

제이슨이 물었다.

"기타?"

포크를 입에 넣으려다 말고 그녀가 멈칫했다.

---

*녹인 버터에 밀가루, 우유, 깡통 옥수수 등을 넣고 만든 걸쭉한 요리

"글쎄…… 모르겠다. 갑자기 왜?"

처음으로 제이슨이 어깨를 으쓱하지 않았다. 그리고 사실상 접시에서 눈을 떼고 있었다.

"그냥 재미있을 것 같아서."

엄마의 얼굴을 똑바로 쳐다보며 제이슨이 말했다.

"별안간 그게 재미있을 것 같다고?"

그녀의 포크는 여전히 허공에 있었다.

"오늘 베일리네 집에서 기타를 쳐 봤어."

내가 거들었다.

"아."

그녀가 다시 먹기 시작했다.

"하지만 제이슨, 너는 기타도 없잖아. 연습도 안 하고 기타를 배울 수는……"

"형이 자기 걸 쓰래."

"숀이 그렇게 말했어? 음, 숀한테 아직 기타가 있는 줄 몰랐네. 너한테 자기 기타를 쓰라고 하다니 착하구나."

"그럼 배워도 돼?"

"좀 알아봐야겠구나, 제이슨. 얼마나 드는지도 모르고. 요새 차에서도 계속 이상한 소리가 나고 해서 말이야, 엄마가 그거 먼저 알아봐야 될 것 같아."

크림콘을 다 먹었다. 작은 치킨 조각들은 전혀 아무렇지도 않게 여전히 내 접시에 남아 있었다. 하지만 내 앞에 있는 건 토막 낸 시체이자, 몸통을 조각조각 내서 요리한 살코기들이었다.

대신 포크로 깍지콩을 찍어 맛을 보았다.

"다 먹었어."

제이슨이 접시를 앞으로 내밀었다.

"나 지금 기타 가져가도 돼, 형?"

"응."

깍지콩은 약간 쇳내가 나네. 혼자서 이렇게 생각했다. 썩 좋아할 만한 요리는 아니군. 그래도 계속 찍어서 더 먹었다.

"얘, 다 치면 꼭 형 방에 도로 가져다 놔야 돼."

숀의 엄마가 제이슨에게 주의를 주었다.

"그럴 거야."

"그리고 살살 다뤄. 형이 너한테 그렇게 잘해 줬는데 뭐라고 해야지?"

그녀가 제이슨에게 상기시켰지만 이미 늦었다. 제이슨은 벌써 복도를 절반이나 지나간 뒤였다.

깍지콩까지 다 먹었다. 그러고 있는데 좋은 수가 떠올랐다.

"베일리에게 돈을 주고 제이슨에게 기타를 가르쳐 주라고 해. 싸게 해 줄 거야. 늘 용돈을 벌 궁리를 하니까."

내가 제안했다.

"아니면 네가 제이슨을 가르쳐 줘도 되잖아."

나는 거짓말을 했다.

"나는 다 잊어버렸어. 베일리는 요새도 치거든."

나는 크림콘뿐만 아니라 깍지콩까지 다 먹어 치웠다. 다시 닭으로 눈길이 갔다.

너는 손이 되어야 하잖아. 그냥 먹어 봐.

아주 조그만 조각에 포크 끝을 푹 찔러 치킨 조각을 들어 올렸다. 하얗게 힘줄이 불거진 모양의 고기가 포크에 매달려 있었다.

나는 그걸 입 안에 쑤셔 넣고 씹기 시작했다. 음, 먹을 만하네.

"동생이랑 사이좋게 지내는 모습을 보니까 정말 좋구나."

숀의 엄마가 말하는 소리가 들렸다.

눈으로 보지 않고 아무 생각도 하지 않으면 맛은 그럴 듯했다.

"외삼촌하고 엄마는 전혀 가깝게 지내지 못했어. 엄마는 그걸 못 했어."

첫 번째 조각을 꿀꺽 삼키는데, 숀의 엄마가 한탄했다.

식탁 한가운데에 쑥밭이 된 시체에서 천천히 눈을 떼어 내 접시에 시선을 맞추고는 작은 조각을 하나 더 잘라 냈다.

"지금이라도 가깝게 지내 봐."

내가 그녀에게 말했다.

그녀는 고개를 저었다.

"우리는 사는 방식이 너무 달라."

그녀가 한 말을 생각해 보았다. 그녀의 오빠, 곧 숀의 외삼촌은 결혼을 했고 딸이 둘이었다. 그는 한 마을 건너에 살았다.

"노력하려면 지금이 가장 좋은 때야."

이렇게 말하고 두 번째 조각을 먹었다.

"꼭 전화 광고에 나오는 얘기 같구나. 어쨌든 너희와는 상관없어. 크리스마스 때는 사촌들을 만나잖니."

"내 사촌들은 생각 안 해. 엄마를 생각해서 그러는 거야."

내가 말했다.

"엄마는 괜찮아. 강의는 1년에 한 번이면 족해."

그녀가 잘라 말했다.

"강의?"

"그래, 강의. '결혼의 비결은 양쪽 파트너가 서로에게 100퍼센트를 주어야 한다.' 내가 그렇게 하지 않았다는 뜻이지 뭐니. 나는 실패자고, 너희 외삼촌은 모든 게 완벽하다는 얘기지. 아, 그 생각을 하니까 더 약이 오르려고 하네."

그녀의 말뜻을 나는 잘 안다. 아직 접시에 남은 치킨을 자세히 살피면서 조금 더 시도를 할까 말까 저울질하며 그 문제를 곰곰이 생각해 보았다. 내가 숀의 엄마에게 말했다.

"그런데 사람들은 말이야, 자신들이 가진 행운이 '내 선택이 현명해서 그렇다.' 이렇게 생각하기를 좋아해. 물론 그런 경우도 있기는 하지만, 대부분은 그냥 무작위로 주어진 기회일 뿐인데."

"이해가 안 되는구나."

"만약에 엄마 오빠, 아니 마크 삼촌이 '나는 앞으로도 나한테는 나쁜 일이 일어나지 않게 할 수 있어.' 뭐 이렇게 믿고 싶다면, 엄마한테 나쁜 일이 생기는 이유도 실패자라서가 아니라 엄마는 그만큼 신경을 쓰지 않아서 그렇겠구나, 당연히 그렇게 생각을 해야지."

오늘은 치킨을 먹을 만큼 먹었다는 결론을 내렸다. 눈에 보이는 모양만 달랐다면! 훨씬 더 즐겁게 먹었을 텐데. 고개를 들자, 숀의 엄마가 색다른 표정으로 나를 물끄러미 쳐다보고 있었다.

"와! 어디서 그런 생각이 다 나왔어?"

문득 내가 또 깜빡하고 숀처럼 말하지 않았다는 사실을 깨달았다. 나는 대답 없이 숀다운 어깻짓을 보여 주었다.

"어쨌든, 네 말이 맞아. 엄마가 외삼촌 옆에 가면 불편했던 것도 바로 그 때문이었어. 전에는 한 번도 그런 생각을 안 해봤는데."

그녀는 잠시 말이 없었는데, 다시 생각에 잠긴 게 분명했다.

"먼저 일어날게."

내가 말했다.

그녀는 고개를 끄덕였고, 내가 접시를 챙긴 뒤 내 접시 위에 제이슨의 접시까지 올리는 모습을 가만히 지켜보았다.

"아침 먹은 접시도 식기세척기에 넣어 놓았더구나."

제이슨의 포크와 나이프를 챙기는데, 그녀가 말했다.

"누가 내 아들을 훔쳐 가고 대신 천사를 데려다 놓았을까?"

나는 포크에서 손을 떼고 그녀를 쳐다보았다.

그녀가 재빨리 둘러댔다.

"세상에, 그렇게 놀란 눈 할 거 없어. 별 뜻 아니니까. 엄마 말은 요즘 네가 하는 일마다 다 도움이 되는 것 같아서 정말 고맙다는 말이야. 너는 착한 아이야, 숀."

어젯밤에도 똑같은 말을 했다. 하지만 나는 아이가 아니었다. 숀은 더더욱 아니었다.

"사랑한다."

그녀가 다정하게 말했다.

뭐라고 대꾸해야 할지 당황스러웠다. 그냥 몸을 돌려 아무 말 없이 주방으로 접시를 가져갔다.

접시를 싱크대에 두며 생각해 보니 나도 확실히 숀의 엄마가 좋았다. 단지 아들이 엄마를 사랑하는 것과는 다르다는 것뿐이었다.

나는 이미 그 사실을 알고 있다. 그런데 왜 지금 그 생각이 거북하게 느껴지는 거지? 내가 그녀를 사랑하지 않는다고 해서 그녀에게 상처를 준다고 생각하는 건 아니다. 숀은 가고 없으며, 그의 자리는 비어 있다. 나는 그녀의 슬픔을 뒤로 미루었으니 오히려 그녀를 돕고 있는 셈이다.

머릿속에서 이 거북스런 감정을 떨쳐 내고 지저분한 접시들을 헹구었다. 헹군 접시들을 세척기에 넣은 다음 숙제를 하러 숀의 방으로 향했다. 닫힌 방문 너머로 제이슨이 숀의 기타를 뜯는 소리가 들려왔다.

방문을 닫고 책상에 앉아 영어 폴더를 꺼냈다. 어제와 그저께 저녁처럼 숙제를 시작했다.

그런데 이미 글 쓰는 도구는 한 번씩 다 섭렵한 뒤였다. 그 도구들로 내가 생각할 수 있는 방법이란 방법은 모두 동원해서 종이 위를 누볐다.

벌써부터 숙제도 재미를 잃어간다. 숙제는 목록에 나온 낱말들의 정의를 쓴 다음 각각의 낱말들로 문장을 만드는 거였다. 내가 아는 한, 그 목적은 이들 낱말의 의미를 기억하도록 돕는 데 있다.

하지만 나는 이미 다 아는 낱말들이다. 굳이 이런 숙제를 해야 할 아무런 의미가 없었다.

폴더를 옆으로 밀어놓는데, 방문을 두드리는 소리가 났.

숀의 엄마가 상냥하게 불렀다.

"숀, 아빠가 너하고 통화하고 싶으시대."

숀은 대개 일주일에 하루 저녁, 그리고 격주로 주말이 되면 아버지를 만난다. 숀의 아버지는 지금 2주 정도 출장을 떠난 상태였다. 그래서 전화로 안부를 확인하고 싶었을 거다.

나는 그 사람과는 아무런 할 말이 없다. 하지만 어느 틈에 숀의 엄마가 문을 열고 수화기를 내밀었다. 달리 어찌해야 할지 몰라 전화 수화기를 받아 들었다. 손의 엄마는 문을 닫고 나갔다.

수화기는 그다지 크지도 무겁지도 않았다. 이 기계가 수 킬로미터나 떨어진 곳에서 만들어진 음성을 내 귀에까지 들리게 해 준다고 생각하니 참으로 신기했다.

수화기를 왼쪽 귀에 가져다 댔다.

"여보세요?"

망설이며 전화를 받았다.

"안녕, 친구! 잘 있었니?"

손의 아버지가 무슨 생각을 하는지, 아니면 뭘 하고 있는지 알 만한 시각적인 실마리가 전혀 없다. 전화는 그 동안 내가 마음껏 즐겨온 온갖 육체적인 즐거움들을 몽땅 배제해 버린다.

반면 얼굴을 볼 수 없으니 오히려 다양한 어조와 목소리 크기, 목소리의 울림에 집중할 수 있다. 집중하고 들으니 그의 목소리에서 직접 얼굴을 마주했다면 미처 눈치채지 못했을 숨겨진 감정이 드러났다. 심지어는 침묵과 일시적인 대화의 멈춤에도 의미가 있었다. 단지 몇 마디 말만으로도 아들과 통화하며 느끼는 아버지의 행복감이 전해지고도 남았다.

그는 출장을 가 있는 동안 손을 그리워했다. 그의 말 한 음절 한 음절에서 그리움이 느껴졌다.

잠시 대화가 끊겼다.

"숀?"

한 마디, 걱정과 의문. 내가 그에게 대답을 하지 않았기 때문이다.

"그럼, 잘 있지."

내가 말했다. 그러고는 덧붙였다.

"아빠."

"플로리다에 있는 내내 너희들이 보고 싶었어. 사실 관광할 시간도 없었는데, 밥은 몇몇 근사한 레스토랑에서 먹었단다. 해산물이 끝내줘! 너도 좋아할 텐데, 바로 옆이 바닷가거든. 식사를 하면서 바다 위로 해가 지는 모습을 볼 수 있어. 언제 우리 셋이 다 같이 놀러 가자. 바닷가에도 가고. 어때?"

"좋아."

적당한 대답인 듯싶었다.

"그래, 학교는 어떠니?"

"괜찮아."

"다 잘 하고 있고?"

"응."

"이번 주에 올 준비 됐지? 같이 영화를 볼까 하는데. 네 생각은 어때?"

"아주 좋아."

어떻게든 열의를 전달하려고 애를 쓰며 대답했다.

"너희 주려고 기념품 몇 개 샀는데, 그게 뭔지 알아내려면 좀 기다려야겠는데. 특히 하나는 네가 정말 좋아할 것 같은데. 처음에 그걸 보고 이렇게 생각했어. 오, 세상에, 이건 꼭 숀한테 사다 줘야지! 아냐, 아빠 너한테 뭔지 말 안 해 줄 거야. 그러니까 물어볼 생각도 하지 마. 깜짝 선물이야."

나는 몹시 불편했다. 그는 숀과 통화를 해서 정말로 기뻐했다. 그와 이야기하는 사람이 숀이 아님에도.

숀이 이곳 이승에 존재한다는 사실에서 기쁨을 얻는 사람들이 있다. 그런데 문득 내가 대신할 수 없는, 오로지 숀만이 줄 수 있는 몇 가지가 있다는 생각이 든다. 숀이라면 2주 만에 처음으로 아빠를 만나 좋아하고 즐거워할 거다. 숀이라면 어렵지 않게, 관심을 가지고, 심지어는 흥분으로 이 대화를 이어갈 수 있을 거다. 숀이라면 엄마가 어깨에 손을 얹거나 자기를 천사라고 부를 때 어떻게 반응해야 할지 잘 알고 있을 거다.

숀이라면 '사랑한다'라는 말에 응답하는 법도 잘 알고 있을 거다.

숀의 아버지가 말을 이었다.

"금요일 일곱 시에 너희들을 데리러 가기로 했잖아. 그런데 너희를 본 지가 너무 오래돼서 엄마만 괜찮으면 조금 더 일찍 가려고. 괜찮겠지?"

"그러면 좋지."

내가 말했다.

"좋아. 그럼…… 다 괜찮은 거지?"

"응."

거짓말이었다.

"정말이지? 별로 말이 없네."

"정말이야. 그냥 조금 피곤해서."

"너무 늦게까지 안 자는 거 아니야?"

"아니야."

"그래, 그럼, 옆에 제이슨 있니?"

"응."

대답을 하고 나서 얼른 이렇게 물었다.

"바꿔 줄까?"

나는 숀의 아버지와 대화하는 게 좋지 않았다. 유쾌하지가 않았다.

"그럼, 금요일 날 다섯 시쯤 보자, 알았지? 사랑한다."

그 말에 아무런 대꾸도 하지 않았다. 그냥 전화 수화기를 제이슨의 방으로 가져다 주었다. 방문을 두드리자, 기타 줄 팅기는 소리가 뚝 그쳤다.

"왜?"

무뚝뚝한 목소리였다.

문을 열고 숀의 엄마가 했던 것처럼 수화기를 내밀었다.

반쯤 열린 문을 통해 제이슨이 기타를 무릎에 놓은 채 침대에 앉아 있는 게 보였다. 제이슨은 움직이지 않았다. 방해받아서 짜증 난 듯했다.

수화기를 건네주려고 방으로 걸어 들어갔더니, 제이슨은 수화기가 물기라도 할 것처럼 천천히 받아 들었다.

"여보세요? 아!"

이렇게 말하더니 눈에 띄게 긴장이 풀렸다.

"아빠, 안녕."

숀의 방으로 돌아와 숙제는 하지 않고 가만히 앉아 생각에 잠겼다.

나는 인간이란 활동과 습관, 말과 행동하는 방식에 의해 맺어진다고 생각했다. 그런데 지금 보니 숀과 같은 사람에게는 주변을 감싸는 다른 실, 그러니까 애정과 믿음의 실이 있어서 그를 다른 존재들과 이어지게 하는 듯싶었다.

숀은 가고 없지만 그의 자리는 완전한 빈자리로 남지 않았다. 내가 아무리 숀이 하던 대로 행동하려고 애를 쓴들 그와 관계를 맺고 있는 실들은 언제까지나 그만의 유일한 모습을 잃지 않게 지켜줄 터였다.

중요한 교훈을 깨달은 것 같았다.

그래! 나를 곧바로 데려가지 않은 게 다 이유가 있었구나. 스스로 깨달으란 말이지.

정신이 번쩍 들었다. 그럼 사실상 내가 위에서 만든 계획대로 움직인 거란 말이야?

그게 사실이라면, 설령 그 계획이 별 생각도 필요 없고, 그 계획을 만든 상대와 아무런 대화도 필요치 않는 사소한 계획으로 결론이 났을지라도, 몹시도 만족스러운 계획임에는 틀림없다.

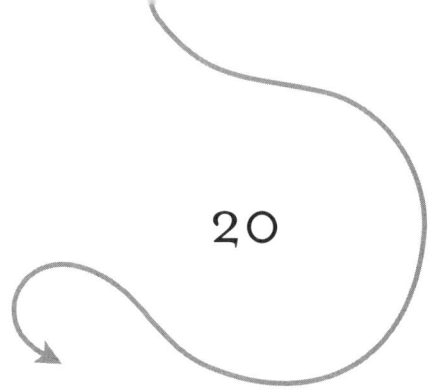

20

오늘밤엔 정말로 나를 데리러 올 거라는 확신이 들었기 때문에 곧장 잠자리에 들지 않았다. 마지막으로 똑바로 앉아 숀의 학교 앨범을 뒤적거렸다. 이제는 나에게도 익숙한 학교 복도를 걸어 내려갈 때, 그 복도가 과연 숀에게는 어떤 모습으로 비추어졌을지 머릿속으로 그려 보았다. 이 눈으로 바라보는 세상이, 그에게는 어떤 느낌으로 다가왔을까?

마침내 안타까운 심정으로 꾸물거리며 숀의 침대로 들어가 이불을 끌어올려 잠을 청한 때는 이미 상당히 늦은 시간이었다.

하지만 다시 잠에서 깨었을 때, 그것은 인간의 기상이었다. 나는 여전히 숀의 침대에 누워 있었다. 침묵과 어둠이 뒤섞인 머릿속의 몽롱한 기운이 나에게 아직 아침이 아니라는 사실을 말해 주고 있었는데, 알고 보니 아직 한밤중이었다.
 그런데 나 혼자가 아니라는 사실을 알아채는 데는 오랜 시간이 필요하지 않았다.
 방에는 나 말고 다른 이가 있었다.
 몸을 돌려 보았다. 흐릿한 시선 너머로 문 바로 앞에 거대한 형상이 보였는데, 방을 감싼 어둠보다 더 어둡고 위협적이었다.
 보스다.
 침대에서 벌떡 일어나 앉았다. 그 동안 이 특별한 공포의 느낌을 망각하고 있었다. 고유의 익숙한 위치에 있던 신경들을 갈가리 찢어발기는 고통이랄까.
 이제는 끌려간다는 사실은 그다지 중요하지 않았다. 그 과정의 고통을 간과하고 있었다.
 마치 나의 숨이 숀의 육신을 찌르는 단검처럼 느껴졌다. 살살 찌르며 넣었다 뺐다, 넣었다 뺐다, 내 숨이 요란하게 방을 뒤흔들었다.
 황소와 인간 사이의 그 무엇과 같은 형상이 점점 더 가까워지더니 나를 향해 몸을 드리우는데, 그들보다는 한층 강력한 힘이 느껴졌다.
 두 눈을 질끈 감았다.
 그런데 일단 눈을 감고 보니 나를 둘러싼 공기가…… 평소와 똑같았다. 아무런 위력도 느껴지지 않았다. 그냥 착각이었다.

내가 본 형상 뒤편에는 아무것도 없었다. 내가 느낀 공포의 뒤편에는 아무것도 없었다.

보스가 아니었다.

눈을 떴다. 그 형상은 독기를 품은 구름처럼 앞을 가로막으며 여전히 그곳에 있었다.

그 형상이 입을 떼었다.

"여기는 네가 있을 곳이 아니야."

목구멍을 통해서가 아닌, 형상 전체에서 뿜어 나오는 깊숙한 울림으로 번져 나왔다.

"아, 알아요."

내가 갈라진 목소리로 대답했다.

"네 임무를 팽개치고 떠날 수는 없는 거야."

그림자가 다시 말을 했다.

묘하게 끝이 올라간 어투였다. 너무나도 이상한 그 무엇이 있었다. 심판에 어울리는 당당함과는 거리가 멀었다.

"너는 그냥…… 그냥…… 기분 내키는 대로 떠나서는 안 돼."

짜증이었다. 그 어투는 짜증 그 자체였다. 괴팍스러운.

이런 어투를 낼 수 있는 저승의 존재는 딱 하나뿐이다.

"에이너스?*"

＊아니오스(Anius)는 에이너스(Anus)와 철자가 비슷한데, Anus는 우리말로 '항문'이라는 뜻이다.

여전히 의심에 찬 목소리로 내가 물었다.

"나를 그렇게 부르지 마!"

"여기서 뭐해?"

"아니오스야. 아, 니, 오, 스."

아니오스, 감독자의 감독자. 지옥의 중간 관리층. 내 임무가 슬픔과 죄책감을 반영하는 것이라면 그의 임무는 걱정과 근심을 반영하고, 시시콜콜 애달아하는 일이다.

"여기는 왜 왔어? 나한테 뭘 원해?"

내가 물었다.

"제대로 부를 때까지는 말 안 해."

"아, 니, 오, 스. 뭐하냐고, 잠 좀 자려는데 여긴 왜 왔어? 그리고 그 모양은 또 뭐고?"

"너야말로 뭘 한다고, 잠 좀 자겠다고? 너는 잠을 안 자. 잘 필요가 없어. 절대로 자서는 안 돼."

"나도 자야 돼."

"그 육체 안에서야 당연히 그렇겠지. 그 훔친 육체에서는. 그리고 내가 이런 형상으로 있는 이유는, 첫째, 나는 육체를 훔치지 않았기 때문이고, 둘째, 너에게 상황의 심각성을 보여 주기 위해서야."

나에게 보낼 그 모든 존재들 가운데 하필 나를 가장 짜증나게 할 상대를 골랐다. 내가 가장 듣기 싫어할 만한 존재.

"어쩌구 저쩌구, 어쩌구 저쩌구."

이렇게 말하며 벌렁 드러누웠지만 어찌나 놀랐는지 졸음이 싹 달아나 버렸다.

"지옥으로 돌아가. 나는 휴가 중이야."

"네가 휴가가 어딨어!"

아니오스가 흥분하여 소리쳤다.

"그러니까 사람들이 휴가를 얻는다고 하는 거야."

아니오스가 몸을 벌떡 일으키자, 맨 꼭대기에 뿔이 달린 머리 형상이 나타났다.

"넌 지금 백만 개나 되는 규칙을 어기고 있어. 너는 영혼들의 고통을 감독해야 하잖아."

그가 쏘아붙였다.

"그건 규칙이 아니야."

"규칙이야."

"그건 관습이야. 늘 해 왔던 일이니까. 그렇다고 규칙이 되는 건 아니지."

"창조주가 우리한테 특정한 임무를 맡겼다는 것 정도는 잘 알겠지. 내 임무가 바로 감독관들을 감독하는 일이야. 너 때문에 난 내 임무를 완수하지 못하고 있어. 너 때문에 나만 나쁜 놈이 되잖아. 너 때문에 내가 곤란하게 생겼다구."

"창조주는 나한테 어떤 임무도 정해 준 적이 없어. 그런 말은 한 마디도 안 했어. 사실 그분을 만난 적도 없어."

"오! 오! 신성 모독이야."

"바로 그거야, 맞아. 명백한 사실을 말하면 그게 신성 모독으로 간주되는 거지."

"너는 이제 큰일 났어."

"아, 그래?"

나는 이불을 턱밑까지 끌어올렸다.

"누구한테?"

"보스한테지, 키리엘."

아니오스가 말했다.

그 말에 눈이 번쩍 뜨였다.

보스. 당연히 나는 그를 만났다. 심지어는 그를 좇아 내 운명을 결정지었다. 아름답고 지독하며 한없이 존경하지 않을 수 없는, 그게 보스였다. 몇 분 전 단지 그의 분노를 떠올리는 것만으로도 나는 공포로 온몸이 얼어붙었다.

하지만 이내 마음의 여유를 되찾았다.

"보스는 나한테 뭐라 할 여유가 없을걸, 안 그래?"

모든 반란에 종지부를 찍는 엄청난 규모의 대반란을 이끌었던 주인공이 바로 보스가 아니었던가? 나는 이렇게 덧붙였다.

"게다가 따지고 보면 그다지 심각한 문제도 아니네 뭐, 바로잡는답시고 보스가 보낸 게 겨우 너란 말이야?"

"아무도 나를 보내지 않았어. 내가 알아서 온 거야."

나는 어둠 속에서 눈을 깜박였다. 아무도 안 보냈다고? 아무도 나에게 돌아오라는 명령을 내리지 않았다고?

끔찍한 생각이 머리를 스쳤다.

"그럼…… 메신저를 한 게 너였어?"

"그럼, 나지. 누구겠냐?"

나는 어이가 없어서 그대로 누워 버렸다. 내가 사라진 사실을 알아차린 게 고작 아니오스란 말인가?

아니오스는 명령을 받고 온 게 아니었다. 그렇다고 걱정이 돼서 온 것은 더더욱 아니었다. 오로지 자신의 강박적인 불안과 지나친 꼼꼼함 때문이었다. 그가 무언가를 하는 이유는 오로지 그 때문이었다.

다시 침대에서 일어나 앉았다.

"내가 영혼들의 고통을 지켜보지 않는다고 가서 보스한테 이르면 되잖아. 어서 꺼져, 이 투덜이 강박신경증 알랑쟁이야."

어둠 속에서 아니오스의 머리 형상 위로 이글거리는 빨간색 두 눈이 나타났다. 그러면 내가 겁이라도 먹을까 봐.

도로 누워 다시 이불을 턱밑까지 끌어올렸다.

아니오스가 발끈 화를 냈다.

"그래, 좋아. 대신 나는 너한테 할 말 다 했다. 나는 너를 제자리로 돌아오게 하려고 했단 말이야. 나는 내 의무를 다한 거야."

"그럼, 어련하시겠어."

나는 편안한 잠을 고대하는 듯 숀의 침대로 더 깊숙이 몸을 집어넣으며 콧방귀를 뀌었다.

"잘 가, 에이너스."

그의 존재가 흩어지는 걸 느끼고 한쪽 눈을 떴다. 좋아, 그는 가고 없었다.

하지만 그 후로도 잠을 이룰 수가 없었다. 몸을 굴려 벽을 마주한 채 모로 누웠다.

아무도 아니오스를 보내지 않았다.

아무도 내가 교훈을 얻든 말든 상관하지 않았다. 아무도 나를 위한 계획을 세우지 않았다.

심지어 지옥에 있는 내 자리를 지켜 줘야겠다고 생각하는 이 하나 존재하지 않았다. 나의 정체성.

숀은 행운아였다. 그는 최소한 그리움의 대상은 될 테니까. 숀 시몬스는 그저 존재했다는 이유만으로도 그의 작은 세상에 특별한 흔적을 남겼다.

마음속에서 불만이 일어났다. 이건 질투가 분명해. 질투의 감정은 특별히 좋지도 않고 그렇다고 특별히 나쁘지도 않았다. 질투의 감정에 대해 굳이 죄의식을 따지자면, 한 번 생기면 생명이라도 얻은 듯 착 달라붙어 마음을 좀먹는다는 게 내가 느낀 전부였다.

손의 베개에 머리를 누였다. 내가 한 소년의 육체를 훔쳤는데, 창조주는 상관조차 하지 않는다! 만약 그분이 세운 전체적인 계획 중에 인류가 그토록 위대한 의미를 지닌다면, 당장에라도 직접 나타나서 이 문제를 해결해야 되는 게 정상이잖아?

하지만 그분은 그렇게 하지 않았다. 심지어 그 누구도 내게 보내지 않았다.

마치 우주 만물을 주관하는 존재가 아무도 없다는 듯이.

벌떡 일어나 베개가 부풀어 오를 정도로 몇 번이나 베개를 주먹으로 퍽퍽 친 다음, 등을 대고 천장을 마주하며 누웠다.

아무도 내 부재를 상관하지 않는 이유는 아마도 내가 거기에 있을 필요가 없기 때문일 거야. 내 임무는 쓸 데 없는 일인지도 몰라. 어쩌면 영혼들에게 거울은 필요 없는지도 몰라.

반란 이후의 대 심판이 떠올랐다. 아무도 내게 내가 받은 벌이 무엇인지 말해 주지 않았다. 그냥 알았다. 그런데 이제 와서 생각하니 의아한 생각이 들었다.

어쩌면 벌은 전적으로 자신이 자신에게 내리는 건지도 모른다. 어쩌면 나는 전혀 지옥에 있을 필요가 없었을지도 모른다, 단 한 순간도.

이봐. 말이 나온 김에 하는 말인데, 어쩌면 영혼들도 굳이 지옥에 있을 필요가 없을지도 몰라. 영혼들도 자신이 내린 벌을 받고 있는 건지도 모르잖아.

그 동안 우리가 스스로를 비참하게 괴롭혀 온 것도 알고 보면 우주적인 농담일지도 몰라. 어쩌면 창조주는 죄를 짓든 말든 아무 상관도 안 할지 모른다 이 말이다. 반란도.

어쩌면 그분은 나라는 존재에 대해 전혀 관심조차 없을지 모른다.

……저녁과 아침이 되니
마지막 날이더라…….

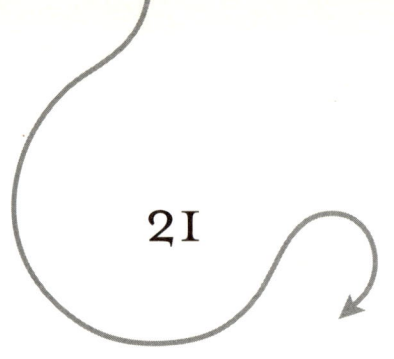

21

창문에 비치는 은백색 빛이 희미한 황금빛으로 바뀔 때까지 생각에 잠긴 채 깨어 있었다. 그러다 자리에서 일어나 샤워를 하며 내 손이 비누를 들고 내 몸을 문지르는 모습을 멍하니 지켜보았다. 어제까지만 해도 비누의 미끌미끌한 감촉과 지나간 자리에 깨끗한 피부 자국을 남기는 광경을 신나게 즐겼건만 오늘은 거의 잠을 이루지 못해 신경이 날카로워진데다, 혹시 그 오랜 세월 동안 지옥이 돌아가게 하는 데 내가 이용만 당한 게 아니었나 하는 생각에 발끈한 상태였다.

몸을 말리고 데오드란트를 뿌린 뒤 깔끔한 카키 바지와 검정색 티셔츠를 입었다. 그런 다음 머리를 빗었다.

숀의 방으로 돌아오니 피너츠가 서랍장 위에 앉아 나를 쳐다보고 있었다.

"아, 피너츠."

내가 말했다. 왠지 더 이상 피너츠가 두렵지 않았다. 생각해 보면 고양이가 할퀴는 정도는 그야말로 '새발의 피'가 아닌가.

우리는 잠시 서로를 바라보았다. 사기꾼과 사기를 치고 있다는 사실에 관심을 가지는 유일한 존재.

피너츠는 침대에 앉는 나를 지켜보았고, 나는 숀의 구두를 신으며 피너츠를 지켜보았다. 구두끈을 다 매고 침대에서 일어나 고양이에게 다가가 손을 쑥 내밀었다.

"조금 더 벌을 내리고 싶니? 해봐, 할퀴어 봐."

전 우주를 통틀어 존재의 정당한 자리라는 개념을 지지하며 지키기에 충분할 정도로 관심을 보이는 유일한 창조물로부터 발톱의 예리한 일격을 느낄 마음의 준비를 하며 나는 계속 손을 내밀었다.

처음에는 내 얼굴을 빤히 쳐다보더니 이제는 내 손으로 시선을 옮겼다. 피너츠는 쉬익거리지도 않고 천천히, 아주 천천히 목을 쭉 뻗다가 코가 내 손끝에 닿았다.

아주 살짝 코끝이 느껴졌다. 어렴풋하고 차가운 점, 거의 존재하지 않는 듯, 그러다가 피너츠가 다시 목을 빼자 그 느낌도 함께 사라졌다.

"그게 뭐야?"

내가 물었다. 당연히 대답할 리 만무했다.

"너는 내가 숀이 아니라는 걸 알고, 그게 마음에 들지 않잖아, 안 그래?"

피너츠는 나건 숀이건 다 잊었다는 듯 눈을 감았다.

"안 그래?"

피너츠는 옴짝달싹하지 않았다. 양옆 몸통이 조금씩 들어갔다 나왔다 하며 움직였다.

"야! 자냐?"

그랬다.

나는 피너츠를 그대로 두고 과일 맛 시리얼을 먹으러 갔다.

숀의 엄마는 이미 출근한 뒤였다. 우울한 상태였기 때문에 다행이라고 생각했다. 모든 게 짜증스러웠고, 따지고 보면 아니오스의 방문과는 별개의 문제였지만, 애당초 나의 우울함이 그의 방문에서 비롯된 건 사실이다.

시리얼을 먹고 있는데 제이슨이 들어왔고(제이슨 것은 부어놓지 않았다.), 늘 그렇듯 제이슨은 자기 형이 더는 여기에 없다는 사실을 눈치채지 못했다.

아무도 몰랐다.

뭐, 마음만 내키면 오래오래 인간으로 여기서 살아도 되겠네. 나이를 먹고, 늙어간다는 게 어떤 건지 알아가면서 말이야.

제이슨이 자기 시리얼을 가져나 사리에 앉았다. 제이슨은 숟가락을 뜰 때마다 연방 후루룩 소리를 내며 먹었다.

진짜로 그의 형이 될 수도 있어. 내가 원한다면.

뜻밖에도 내가 원하지 않는다는 사실을 깨닫고 깜짝 놀랐다. 나는 저 아이를 진정으로 좋아하며 잘 되기를 희망한다. 단지 장기 애착 관계에 관심이 없을 따름이다. 나에게는 재미없는 얘기다.

이미 이 존재가 주는 참신함이 사라져 가고 있었다. 지난 밤에는 벌써 손의 숙제조차 하지 않았다. 이제는 내가 행한 행동들이 처량하게만 느껴졌다. 완전히 홀로, 주목받지도 못한 채 죽은 인간의 옷으로 옷 입히기 놀이나 하다니.

제이슨이 먹는 모습을 지켜보며 결심했다. 오늘 오후 나에게 레인과 함께할 기회를 한 번 더 주는 거야. 그 대단원을 고대하고 고대해 왔으니까. 그리고 그 사이에 내 다른 프로젝트들도 마무리 손질을 좀 하는 거지.

그런 다음 손에게서 빠져나갈 거야. 어디든 가고 싶은 대로 가고, 뭐든 내키는 대로 하는 거야.

음⋯⋯ 어쩌면 육체 이동? 사람들에게 들어갔다 나왔다 하며 그 사람들이 할 일을 해보는 거야.

손보다 좀 더 주목을 받는 육체를 고르면 어떨까. 오호, 이를테면 여러 나라의 대통령들이라든지! 그러다 보면 창조주의 주목을 받기 위해 필요한 게 정확히 뭔지 알아낼지 누가 알아!

"오늘 베일리 형네 갈 거야?"

제이슨이 물었다.

"몰라."

내가 말했다. 제이슨은 나를 쳐다보지 않고, 먹는 내내 자기 그릇에서 시선을 떼지 않았다.

가고 싶으면 왜 편하게 가고 싶다고 못 하는 거야? 왜 스스로 모든 걸 어렵게 만드냐고?

"어, 그래, 갈 것 같아. 가고 싶어?"

내가 물었다.

제이슨이 어깨를 으쓱했다.

"그래, 뭐."

내 숟가락이 그릇 밑바닥에 닿아 딸그랑거렸다. 어느새 시리얼을 다 먹어 버렸다. 너무 우울한 상태에 빠져 있다 보니 과일 맛 시리얼을 즐길 새도 없었다.

점점 완전히 인간적으로 되어 가고 있다.

학교 버스에 올라 늘 그랬듯 베일리의 옆자리로 터덜터덜 발걸음을 옮겼다.

베일리가 지나가라며 자리를 좁혀 앉았다.

"왔어?"

"어."

자리에 앉으며 인사에 답했다.

"너 세계사 숙제 했냐?"

"아니."

"나도 안 했어. 어렵더라."

"어."

하나도 어렵지 않았지만 그냥 동의했다. 뭐, 하려고 했다면.

버스가 움직이기 시작하자 거울을 통해 얼핏 운전사의 눈을 봤는데 뭔가 이상했다. 알고 보니 눈뿐만 아니라 모든 게 이상했다. 우선 그녀는 더 말랐는데. 게다가 머리 모양도 달랐다.

어, 우리 버스 운전사가 아니잖아!

"저 사람 누구야?"

손가락으로 가리키며 베일리에게 물었다.

"어? 아. 대신 왔나 봐."

"그럼 우리 버스 운전사는?"

"몰라. 아픈가 보지. 바뀐다고 뭐가 달라지는데?"

"누군가가 원래 있어야 할 자리에 없는데 바뀐다고 뭐가 달라지냐구?"

내가 씁쓸히 되물었다. 그러고는 뒤로 몸을 기대며 혼잣말로 대답했다.

"다를 게 없지. 뭐가 달라지겠어."

"그렇지. 아무렴 어때."

베일리가 말했다.

차창 밖으로 집들이 스쳐 지나가는 풍경을 바라보았다. 집들이 흐릿하게 스쳐가더니 마치 그릇에 부어놓은 계피 맛 시리얼처럼 한데 뒤섞였다.

베일리의 목소리가 들렸다.

"그런데 오늘도 레인을 부를 거냐?"

"몰라. 그럴 것 같아. 왜 묻는데?"

"그냥 궁금해서. 어쨌든 우리 집이기도 하고."

베일리가 아무렇지도 않게 말했다.

너무 아무렇지도 않게. 고개를 돌려 베일리의 옆얼굴을 찬찬히 들여다보았다. 겉으로 보기에는 대화에 흥미를 잃고 창밖을 내다보고 있는 듯 보였다.

하지만 나는 베일리가 어제 레인을 보던 눈길과 어떻게 자기 책을 레인에게 빌려 주었는지 기억하고 있다.

내가 사라지자마자 베일리는 내 여자를 훔치려고 할 거야.

열린 창문을 통해 엔진이 작게 우르릉거리는 소리가 들려오더니 버스가 약간 흔들렸다. 베일리의 얼굴은 무표정했고, 눈은 먼 곳을 응시하고 있었다. 깊은 생각에 빠지면 나타나는 전형적인 인간의 모습이라는 걸 이제는 나도 안다.

뭐, 안 될 거 있어? 생각해 보니 베일리와 레인은 오히려 잘 맞았다. 서로 공통점도 많고 앞으로 사귈 시간도 많을 터였다. 어차피 지금은 둘 다 다른 사람과 사귈 가능성도 별로 없으니까.

내가 레인과 끝내고 나면 베일리가 그녀와 사귈 수 있겠지. 두 사람이 서로에게 작은 행복을 안겨 주었으면 좋겠다.

다시 고개를 돌려 창문 옆으로 스쳐 지나가는 세상을 바라보았다. 교회 옆을 스쳐 지나가는데, 마치 무언가가 안에서 나를 꽉 쥐고 있는 것처럼 묘한 쓸쓸함이 고개를 들었다.

학교 끝나면 버스를 타지 않을 거야. 갑자기 이렇게 마음을 먹었다. 집까지 걸어가야겠어. 오는 길에 나는(타락천사들 가운데 하나이자 거절당한 존재 가운데 하나인 나) 저 '신성한' 장소 안으로 걸어 들어갈 거야.

누가 됐든, 혹시라도 알아채는지 그냥 한 번 확인해 보자고.

점심시간에 마지막으로 베일리와 함께 앉았다. 내 식판에는 종이로 만든 네모난 용기 안에 양상추가 담겨 있었다. 양상추 위에는 회색빛이 나는 작은 고기 조각들이 있었다. 또 그 위에는 주황색 치즈가 조각조각 올려져 있었다. 종이 용기 옆에는 바삭바삭해 보이는 베이지색 삼각형 모양들이 쌓여 있었다.

요약하자면, 케첩이 없었다. 신성한 음식을 마지막으로 맛볼 기회가 사라졌다.

숀으로서 나의 마지막 식사라는 약간의 우울함 속에 양상추를 포크로 푹 찔렀다. 저녁 식사 시간이 되기 전에 떠나야겠다고 완전혀 마음을 굳혔다. 베일리는 마음이 딴 데 가 있는 듯싶었다. 처음에는 감자 칩을 마구 먹더니 다음에는 샐러드를 연방 먹어 댔다.

흐늘흐늘한 양상추 조각을 입으로 막 가져가는데, 급식 줄에서 리드 맥고완이 식판을 들고 나오는 게 보였다.

그에 대해서는 깜박 잊고 있었다.

제이슨에게 어떤 식으로든 지속적인 영향을 남길 수 있다는 것에 대해서는 그다지 희망을 걸고 있지 않다. 오늘 레인과 성적인 관계를 가질 수 있을지 어쩔지도 역시 장담하기 힘들다.

결국 나는 리드와의 상호 작용을 낙으로 삼아야만 할 거다. 리드의 인생에 내가 조그만 흔적, 작지만 내가 사라진 뒤에도 남아 있을 만한 그런 흔적을 남길 수 있다는 희망은 있었다. 어쨌든 내가 리드의 머릿속에 생각의 씨앗을 뿌리지 않았던가. 잘만 하면 자라날지도 모르는 씨앗, 그리고 그 과정에서 리드뿐 아니라 그와 접촉하는 다른 이들에게도 영향을 끼칠 만한 씨앗.

특별히 만족할 만한 성과라고 보기는 힘들다. 하지만 만에 하나 모든 게 다 엉망이 된다면 나는 그를 통해 내가 행했던 무언가의 실질적인 결과를 지켜보며, 예전 고통 유포자의 추억에 의지할 수 있을 터였다.

양상추와 잿빛 고기를 우적우적 씹으며 리드를 지켜보고 있는데, 리드는 자기 친구들이 모여 있는 식탁으로 가려고 내가 있는 쪽으로 왔다. 그는 꽉 찬 탁자와 의자들 사이에서 재빨리 길을 골라 늘 가던 대로 앞으로 나아갔다. 인내심 있게 가만히 서서 몇몇 여자애들이 지나가기를 기다리는 모습을 목격하자 내 얼굴 근육이 이완되고 있다는 걸 느꼈다. 그제야 여태껏 내 얼굴 근육이 경직되어 있었다는 사실을 깨달았다.

리드는 다시 움직이기 시작했고, 길을 가로 막고 있던 휠체어를 탄 남자아이를 위해 한 번 더 멈춰 서야 했을 때는 바로 내 옆 통로를 따라 내려오는 중이었다. 그가 씩 웃더니 이렇게 말했다.

"절름발이 궁둥이 못 치워, 이 똥덩어리야."

내 안에서 무엇인가 쿵하고 떨어져 내리는 기분이었다. 마치 저울추가 내 가슴뼈 위로 곤두박질치는 느낌이랄까.

깁스를 한 다리를 받치고 있던 소년은 어떻게든 휠체어를 비키려고 애를 썼다. 돌아가는 게 더 빨랐겠지만 리드는 그러는 대신 꼼짝 않고 서서 소년을 굽어보고 있었다. 소년은 입을 앙다물고 있는 게 주눅이 들어서인지 화가 나서인지 분간이 되지 않았다.

저울추가 내 폐를 압박하며 점점 더 부풀어 오르는 것만 같았다.

이 세상의 리드들, 그들은 왜 항상 뒤늦게 후회를 할까? 아직 뭔가를 할 기회가 있을 때 왜 뉘우치지 못하는 걸까? 당장 그냥 입만 다물고 있으면 되는데. 제발 입 다물고 그대로! 이 세상 모든 리드들이 해야 할 일은 아무것도 하지 않는 거였다.

그게 다였다. 그런데 그는 그렇게 하지 않았다.

이제 내 얼굴의 근육들은 뻣뻣하게 경직이 되어 버린 듯싶었다. 마침내 소년이 완전히 자리를 비켜 리드가 내 옆을 지나가려고 하는데, 에라 모르겠다, 몸을 살짝 틀어 한 발을 앞으로 쑥 내밀었다.

앞으로 걷던 리드가 내 발에 딱 걸렸다. 순간 리드의 몸이 공중을 더듬는 듯하더니 이내 아래로 푹 고꾸라졌다. 식판이 원을 그리며 붕 날았고, 리드가 그 위로 떨어졌다. 리드는 넘어지지 않으려는 때늦은 노력으로 두 손을 바닥으로 확 펼쳤다.

"우와!"

베일리의 목소리가 들렸다.

나는 내 자신의 행동에 어리벙벙한 채 리드를 내려다보며 자리에 앉아 있었고, 리드는 의자 다리들 사이에서 완전히 쭉 뻗어 버렸다.

지금까지는 항상 '분노'를 간접적으로만 들었다. 분노란 그릇은 약한데 그 안에다 억지로 너무 많이 담다가 생기는 파열점과 같다고 생각했다. 분노가 한순간에 해일처럼 솟구치리라고는 결코 생각지 못했다. 더구나 그 과정에서 이성적인 사고를 잃게 되리라고도 미처 생각하지 못했다.

낯바닥에서 리드가 머리를 들었다. 그의 시선이 내 눈에 딱 고정되었다.

순간 온몸이 얼어붙었다.

그런데 리드가 손과 무릎을 일으켜 일어나려고 하는데, 다리가 부러진 소년이 황급히 아래쪽을 내려다보더니 정확히 리드의 오른손을 칠 만큼 휠체어를 후진시켰다.

"앗, 미안."

그러면서 깜짝 놀란 어투로 리드에게 사과했다.

그런데 나와 마주친 소년의 눈에는 완전한 승리의 눈빛이 떠올랐다.

내 주변의 식탁들에서 한꺼번에 웃음이 터져 나오더니 점점 더 커졌다.

리드의 입에서 소년의 혈통, 지적 능력, 성적인 성향과 불가피한 신체적 기능들을 모조리 들먹이는 전형적인 미국인의 욕설이 줄줄이 쏟아져 나왔다.

인과응보였다. 리드는 굳은 얼굴로 무릎을 꿇으며 일어나려고 기를 쓰는데, 손을 몸에 바싹 붙이고 있었다.

어디가 부러진 건 아닌지 의심스러웠다.

그가 두 발로 설 때까지 아무도 그를 도와주지 않았다. 그의 친구들조차. 그를 좋아하지 않는다고 했던 내 말은 사실이었다. 주변 여기저기서 몇 번 더 키득키득 웃는 소리가 들려왔다. 마침내 리드가 일어나 식당 바닥과 자기 셔츠에 묻은 음식의 잔재들을 망연히 바라보고 있어도 그에게 말을 건네는 친구는 단 한 사람도 없었다.

다들(그의 친구들을 포함해서) 자기들의 점심과 대화로 되돌아갔고, 리드 혼자 식판을 주워야 할지 말아야 할지 결정을 내리지 못한 듯 바닥만 내려다보았다.

결국 그는 식판을 줍지 않았다. 돌아서서 다친 손을 감싸 안고 자리를 떴다.

식당을 나가는 리드를 보며 나는 그대로 앉아 있었다. 베일리가 자리에서 일어나 식판과 포크와 나이프를 바닥에서 주웠다. 음식을 치우거나 식판을 창구로 가져가려는 생각은 없었다. 그냥 가장 가까운 식탁 구석에 올려놓고는 돌아와 계속해서 점심을 먹었다.

누구라도 그 정도밖에 할 수 없었다.

나는 더 먹고 싶지 않았다. 리드에게 희생자의 기분을 맛보게 해 주었지만 조금도 기분이 나아지지 않았다. 내 마음속의 우울한 감정은 하나도 풀어지지 않았다.

나는 마음이 약했다. 내가 그를 망가뜨렸고, 생각 없이 다른 존재에게 상처를 주었다.

내 자신이 혐오스러웠다.

인간이 된다는 게 너에게는 고작 이런 거였어? 한껏 뒤틀려서 겨우 생각해 낸다는 게 다른 인간들의 삶에 끼어들어 사소한 순간을 가지고 좌지우지하겠다는 거야? 아무리 사소한 순간일지라도 순간순간이 모두 다 역사일 뿐만 아니라, 계속되던 중단되던 미래로 발전해 갈 무한한 가능성을 지녔다는 사실을 진정 잊었단 말이야?

인간이 되어서 겨우 생각한다는 게, 네 신경을 거슬리게 만드는 리드 맥고완이야?

그날 오후에는 학교 버스를 타지 않고 걸어서 교회로 갔다.

가느다란 검정색 난간이 달린 빨간색 타일로 된 계단을 터덜터덜 걸어 올라갔다. 육중해 보이는 거무스름한 나무 문 서너 개가 나란히 늘어서 있었다. 나는 그 중 가장 가까운 문을 골랐다.

문 안쪽에는 가로로 비스듬히 공간이 펼쳐져 있었는데, 알고 보니 일종의 입구인 듯했다. 다시 일렬로 늘어선 문들이 보였다. 넓은 복도의 양 옆에는 창문이 나 있었고, 창문으로 들어온 햇빛 덕분에 밖에서 볼 때와 똑같이 밋밋한 하얀색 벽들임에도 평온하고 따뜻한 기운이 느껴졌다.

바로 내 앞에 있는 문을 골라 주저 없이 문을 열고 똑바로 뚜벅뚜벅 걸어 들어갔다.

바닥이 쩍 갈라지며 나를 통째로 삼키는 일 따위는 일어나지 않았다.

벽이 높이 솟아 있었고, 고개를 뒤로 젖히자 천장에 십자 모양으로 교차하는 들보들이 보였는데, 문처럼 육중하면서도 단조로운 짙은 색이었다. 금방 지나왔던 복도에서 보았던 차분하지만 빛나는 순백색과는 대비를 이루었다.

여기는 성역이다. 이곳이 신성한 장소였나?

그럴 수도, 아닐 수도.

이곳은 창조주가 사는 곳도 아니고, 단지 이승의 한 장소일 뿐이다. 하지만 나에게는 공간과 비품, 그리고 벽, 이 모두에 인간 세대가 지닌 희망과 기도, 사랑과 절망이 가득한 것처럼 느껴졌다. 인간들이 그들의 창조주를 향해 느끼는 모든 것들이 이곳에 남아 있었다. 그러한 기운들이 이곳을 실제적인 공간 그 이상으로 발전시켰다. 나는 이곳의 광대한 기운을 느꼈고, 창조주의 진정한 광대함에 비하면 아주 조그만 단편이기는 하지만 그럼에도 충분히 광대했다.

이곳에는 위안이 되는 무언가가 있었다. 어떤 면에서는 숀의 욕조에서 목욕하는 것과 비슷하기도 했다. 공기보다는 진한 무언가에서 둥둥 떠다니는 느낌, 주변을 압박하는 그 무엇, 그리고 바닥에 있지만 왠지 위로 끌어올려지는 느낌까지.

중앙 통로로 몇 걸음 걸어 내려간 뒤 멈춰 섰다. 양옆에는 긴 좌석이 있었는데, 등받이는 매끈한 나무로 만들어져 있었고, 앉는 자리에는 부드러워 보이는 진한 빨간색 옷감으로 쿠션을 대어 놓았다.

한 자리를 골라 앉았다. 보는 것만큼 부드럽지는 않았다. 뻣뻣하면서도 약간 꺼끌꺼끌했다.

내 앞에 있는 의자 등받이에는 가로로 길게 난 선반이 보였다. 선반에는 소지품을 담을 수 있게 칸이 나뉘어 있었다. 필기도구를 넣는 빈 구멍들도 보였다. 그리고 선반 여기저기에 빨간색과 검은색 표지로 된 책들이 흩어져 있었다. 무슨 책인지 알고도 남았다. 성경책과 찬송가. 그 중 한 권을 집어 들었다. 표지에는 이렇게 적혀 있었다. 성경.

나는 성경책을 펼쳐 읽기 시작했다.

하루는 하나님의 아들들이 와서 여호와 앞에 섰고, 사단*도 그들 가운데 왔는지라.

여호와께서 사단에게 이르시되 "네가 어디서 왔느냐?" 사단이 여호와께 대답하여 가로되, "땅에 두루 돌아 여기저기 다녀왔나이다."**

보스를 '악마'라 부르는 자들을 반박하는 듯한, 다소 우연스럽고 허물없는 만남. 마치 보스가 창조주의 상대라도 되는 양. 마치 보스가 창조주의 의지를 무릅쓰고, 창조주를 괴롭히기 위해

---

* '사단'과 '사탄'은 같은 말로 기독교 계통의 사전이나 책에서는 '사단'과 '사탄'을 혼용하고 있다. 여기서는 소설 속 원문대로 신국제역성경NIV(New International Version)을 따랐다.
** 구약성서 욥기 1장 6절~7절

존재하는 양.

　그 모든 게 얼마나 불공평한지 생각하지 않으려고 노력한다. 나의 본성을 옆으로 제쳐 두고 꽁꽁 싸매 깊숙이 간직해 둔 채, 천사들에게 주신 창조주의 선물인 순수한 기쁨과 순종만을 느끼려고 내가 얼마나 힘들게 노력했던가.

　하지만 나의 경배는 선물이 아니라 점점 짐이 되어 갔다. 그래서 나는 내 안에 감춰 두고 쌓아 두었던 피조물의 충만함을 벗기고 풀어냈다.

　나에게는 주어진 본성은 따로 있는데, 본성을 경험하는 것은 고사하고 심지어는 본성을 인정하기만 해도 죄를 범하는 듯싶다.

　손에 있던 성경을 덮고 침묵 속에 앉아 알지 못할 생각에 빠져들었다.

　나는 일종의 장난인가?

　실수?

　자유 의지의 실패작?

　통과하지 못한 시험?

　겉으로 보이는 내 임무 가운데 하나는 슬픔을 반영하는 것이다. 나는 오래도록 오로지 다른 이들의 슬픔만을 느끼며 살았다. 마음에서 우러난 내 자신의 슬픔에 비하면 그게 얼마나 둔하고 무딘 건지 잊고 지냈다.

　나의 창조주가 절대로 당신의 얼굴을 내게로 돌리지 않을 것임을 뼛속 깊이 받아들인 이래로 내 자신의 슬픔을 느껴본 적이 없다. 차갑고도 적막한 침묵이 높은 천장에 닿을 듯 피어올랐다. 성경을 도로 선반에 집어넣었다. 그러고 나서 난생처음, 나의 창조주에게 생생한 언어로 말을 건넸다.

"이봐요. 저 여기 있어요."

심신이 지친 채 공중에 대고 말했다. 혹시 몰라 다시 성경을 밖에다 내어놓았다.

"혹시라도 저하고 개인적으로 연락하고 싶으시면요. 일대 일로. 저 여기에 있다구요."

이 물질계에서, 침묵은 단순한 소리의 결여만이 아니다. 침묵은 완전하면서도 두껍게 드리운 공허함이다. 침묵은 귀뿐만이 아니라 마음도 비운다.

그분이 대답하지 않으리라는 걸 잘 알고 있었다. 나에게는 아니다. 그분은 결코 나에게 말을 걸지 않을 거다. 뭐, 잘 알잖아. 어쨌든 시도는 해봤다.

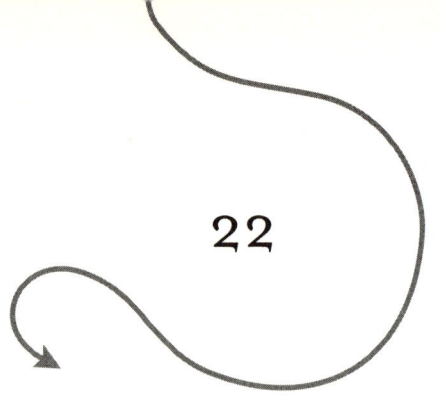

22

교회에서 레인네 집까지 내내 걸었다. 지금 내 마음 상태를 설명하기란 힘들다. 엉망진창인 손의 방처럼 결말, 운명론, 그리고 구슬픈 희망이 뒤섞여 완전히 뒤죽박죽이다.

레인이 나를 알아봐 줄 거라는, 그 생각만이 내가 기댈 수 있는 유일한 희망이었다. 나를 보면 기뻐해 주겠지.

그녀의 집 현관 앞에서 초인종을 눌렀다.

아무 반응도 없었다. 딩동 소리도 없다. 삑삑 소리도 없다. 이건 말이 안 된다. 그녀는 여기에 있어야만 한다. 그녀는 늘 학교가 끝나면 곧장 집으로 왔다.

다시 한 번 초인종을 눌렀고, 이번에는 열심히 귀를 기울이며 초인종에서 손을 떼지 않았다.

여전히 아무 소리도 들리지 않았다.

아무 소리는 안 나도 초인종이 작동하는 경우가 있다. 내 앞에 있는 손잡이가 갑자기 돌아가더니 문이 열렸고, 거기 그녀가 있었다.

레인 헨네버거의 사랑스러운 얼굴에 미소가 번졌다.

"어머! 안녕, 숀. 안 그래도 베일리네 집에 책을 돌려주러 갈까 생각 중이었는데."

"벌써 다 읽었어?"

"응. 재밌더라. 몇 권 더 빌리려고."

"베일리가 좋아하겠다."

"책 가져와서 같이 가면 되겠다. 잠깐만 기다려 줄래? 할머니가 주무시고 계셔서 메모 좀 남겨 놓아야 하거든."

할머니가 주무셔?

와! 나에게도 행운이?

"그럼 잠깐 들어가도 돼?"

내가 눈치를 살폈다.

"글쎄."

그녀가 주저하며 어깨 너머를 힐긋 쳐다보았다.

"그래, 좋아. 그러지 뭐."

레인네 집은 내가 가 본 집 중 유일하게 카펫이 깔려 있지 않은 집이었다. 바닥은 나무로 되어 있었다. 레인은 고무 밑창을 댄

스니커즈를 신고 있어서 아무 소리도 나지 않았지만, 숀의 옥스퍼드화를 신은 내 발에서는 걸을 때마다 뭐랄까 쿵과 또각의 중간쯤 되는 딱딱한 소리가 났다.

거실에는 삼면을 꽉 채우는 대형 소파가 있었다. 마치 한쪽 모서리가 빠진 직사각형처럼 거실을 에워싸고 있었다. 베일리의 책들은 소파 한가운데 있는 낮은 유리탁자 위에 쌓여 있었다.

레인은 창문이 난 벽과 마주한 쪽 소파에 앉았다. 자세를 낮춰 그녀 옆자리에 앉는데, 쿠션이 폭삭 가라앉으면서 그만 그녀의 몸이 기울어 하마터면 내 무릎 위로 쓰러질 뻔했다.

"어머!"

그녀가 이렇게 외치고는 자세를 고쳐 옆자리로 옮겨 앉았다.

"목마르니? 아이스티하고 다이어트 스프라이트가 있는 것 같은데. 아, 물도 있고."

"아냐, 괜찮아."

나는 그녀의 얼굴을 관찰하느라 바빴다. 일단 숀의 육체에서 빠져나가고 나면 내가 이 존재의 신체적인 부분 하나하나를 얼마나 세세히 기억해 낼 수 있을지 모르겠지만, 어쨌든 나는 모든 것을 기억하고 싶었다. 뺨에 난 것보다 조금 더 큰 코 위의 모공들, 빛을 받아 동공과 홍채를 가로질러 생긴 하얗게 빛나는 반점들까지.

"음."

그녀가 빙긋 웃었고, 계속되는 내 시선에 자세를 고쳐 앉았다.
"그런데, 너도 저거 읽었니?"
그녀가 내 앞에 놓인 만화책들을 손으로 가리켰다.
"정말 재밌어. 아니메와 망가는 확실히 다른 점이 있다니까. 너 망가 읽어 봤다고 했었나?"
"아니."
이런 잡담으로 시간을 보내고 싶은 생각은 추호도 없었다.
"레인, 할 얘기가 있는데."
"뭔데?"
"너는 내가 본 중에 가장 아름다워."
그녀는 약간 깜짝 놀란 것처럼 보였다. 다음 순간 그녀는 재빨리 시선을 돌렸다. 탁자 위의 책들로, 내 무릎으로, 나무 바닥으로. 내 얼굴만 빼고.
"그 얘긴 그만 하자."
그녀가 애매하게 말했다.
"뭘 하지 말자는 거야?"
"내가 아름답지 않다는 거 나도 잘 알아."
그녀가 소파 앞 마룻바닥을 보며 말했다.
"그러니까 그만 해."
어리둥절할 뿐이었다. 그녀가 적었던 대로(그것도 구체적으로!) 그녀가 너무나도 듣고 싶어 하던 바로 그 말이었다.

"그 말을 들으면 기분 나빠?"

여전히 혼란스러워하며 다시 물었다.

"응."

"그럼…… 그만 말할게."

열린 창문으로 가벼운 산들바람이 들어와 그녀의 머리칼을 살랑거리게 했다.

"그럼 그냥…… 음, 넌 정말 아름다워."

"숀, 그만 둬. 아름답다는 말은 로렌 조토 같은 애한테나 어울리는 말이라는 거 우리 둘 다 잘 알잖아. 아니면 사라 헌터. 아니면 빅토리아 베클워스."

그녀가 정색을 하며 말했다. 그녀가 말하는 여자애들에 대해 생각해 보았다.

"아니면 에밀리 라이스."

내가 덧붙였다. 바로 숀이 갈망했던 여자애였다.

레인의 어깨가 살짝 웅크러든 듯했다.

"이제 알겠다. 너는 시각적 형상의 완벽함에 대해 현재 이 사회가 지닌 관념과 진정한 아름다움을 혼동하고 있는 거야."

내가 말했다. 그녀가 잠시 나를 빤히 쳐다봤다.

"무슨…… 완벽함?"

"시각적 형상."

"시각적 형상?"

그녀는 이해해 보려고 애를 쓰는 듯 천천히 되풀이해서 말했다.

"시각적 형상의 완벽함? 그치만…… 그게 바로 아름다움이잖아, 숀."

"네가 틀렸어."

내가 마지막으로 이렇게 말했다. 지금 이 주제를 분석하고 싶은 생각은 없었다. 꾸물대지 않고 직접 그 문제로 들어가고 싶었다. 어차피 벼랑 끝에 선 바에야.

살며시 몸을 비켜 두 팔로 그녀를 안았을 때, 그녀는 깜짝 놀라 몸이 뻣뻣하게 굳어졌다.

키스하기 전까지는. 내가 키스하자, 그녀는 천천히 긴장을 풀었다.

그러고는 이내 내 키스에 응답했다.

숀의 티셔츠와는 차원이 달랐다.

환상적이었다. 순간이 점점 더 길고 길게 이어져, 시간이 우리 주변을 구불구불 휘감고 돌아가는 듯했다. 내 안에서 기쁨이 날개를 폈고, 숀의 책상 서랍 속 고무줄처럼 시간이 길어질수록 기쁨은 점점 더 강렬하고 격렬해져 갔다.

짧은 한숨을 토해 내며 레인이 뒤로 물러나 내 목에 잠시 기댈 때까지 얼마의 시간이 흘렀는지 정확히 알기가 힘들었다.

그래. 이게 키스야! 왜 그녀가 멈추고 기쁨의 순간에 열중하려고 했는지 이제 이해가 간다. 나의 사랑스러운 레인, 그녀는 자신의 주변을 둘러싼 모든 것들에 감사할 줄 알았다.

내 피부에 맞닿은 그녀의 뺨은 따스했다. 그녀의 머리칼에 대고 숨을 내쉬었다.

"오, 레인. 할머니가 주무시고 있다니 얼마나 기쁜지 몰라. 너도 이걸 즐기게 될 거야, 약속해."

"뭘 즐겨?"

레인은 손가락으로 내 머리칼을 살며시 쓰다듬어 주었다. 손이 머리를 자르지 않은 게 천만다행이었다.

"모든 걸."

다시 한 번 한숨을 내쉬었다.

"모든 거 뭐?"

"내가 너에게 해 주려는 모든 거."

그녀의 손가락이 움직임을 멈추었다.

"나한테 뭘 하려고 하는데?"

그녀에게 사랑한다는 말을 하려고 했는데 이제야 생각났다. 어쨌든, 그녀는 내게 자극적이며 유혹적인 질문을 했고, 그건 내가 이미 상당 부분 고려해 왔던 질문이었다.

"많은 걸."

내가 말했다.

"예를 들면?"

"예를 들면……."

이렇게 말을 꺼냈지만 말을 잇지 못했다.

그녀가 똑바로 앉으려고 몸을 빼내고 있었기 때문이다.

비록 내가 직감이 발달한 존재는 아니었지만, 성적인 절정을 향한 공동의 여행을 위해 그간 심사숙고해 왔던 방법들을 설명하기에 지금이 마땅한 때가 아니라는 건 확실히 느낄 수 있었다. 설령 아주 근사한 방법이라 해도.

그녀가 내 얼굴을 뚫어지게 쳐다보았다. 두 눈을 가늘게 뜬 채, 입은 평소보다 더 앙다문 모습이었다.

"너 대체 무슨 얘기를 하는 거야, 숀?"

그녀가 물었다.

부드러운 어조가 아니었다. 오히려 경고처럼 들렸다.

"아무것도 아냐."

내가 둘러댔다.

"아니, 말해 봐. 너 무슨 말 하려고 했어?"

"몰라. 잊어버렸어."

레인이 나를 뚫어져라 쳐다보았다.

"숀, 내가 너하고 섹스할 생각이 없다는 거 너도 알지?"

아니, 몰랐는데. 레인은 그 동안 몇 시간을 들여 처녀성을 잃는 로맨틱한 주연이 되어 숀과 함께하는 시나리오를 꾸몄다. 이제 그녀는 그를 준비시키고, 의지를 갖게 하고, 할 수 있게 만들어 놓았다. 그런데 도대체 뭐가 잘못된 거지?

"너희 할머니 주무시잖아."

내가 꼭 집어 말했다.

"맞아. 그렇긴 하지만 난…… 그렇지만, 우리는 방금 전에 처음으로 키스를 했잖아."

그래서 뭐? 처음으로 키스하고 나서 섹스를 하는 인간들은 널리고 널렸다.

그렇다고 그런 말을 입 밖에 낸 건 아니었다. 재빨리 내가 알고 있는 레인의 욕망들이 무언지 돌이켜 생각해 보았다.

뭐랄까. 지금 돌이켜 보니, 그녀의 일기는 섹스의 기법에 있어서는 몹시 모호했다. 생각해 보니 그가 그녀의 가슴을 만지는 부분과 섹스를 끝내고 서로의 팔에서 나른하게 함께 눕는 장면 사이에는 항상 비약이 존재했다. 그녀가 썼던 수많은 일기의 도입부마다 숀이 자기 셔츠를 벗기는 했지만 그녀가 묘사한 그의 가슴은 숀의 마르고 뼈만 앙상한 체격과는 거리가 멀었다. 어느 부분에서 그가 바지를 벗었는지도 기억이 없었고, 그의 성기에 대해서도 전혀 언급이 없었다. 그녀의 것 역시 마찬가지였다.

뭐야, 내가 오해를 한 건가?

그렇다. 레인이 쓴 욕망의 표현들은 대부분 섹스 전과 섹스 후에 머물러 있었다. 과정을 언급한 건 하나도 없었다. 그녀의 상상은 단 한 번도 내가 탐험하고자 했던 그 지점까지 이른 적이 없었고, 당연히 내게 익숙한(이론적이긴 하지만) 어둡고 방탕한 욕정에 대해서는 두말할 필요도 없었다.

기껏해야 안고, 입 맞추고, 사랑하는 가장 기본적인 욕구들만을 언급했을 뿐이다.

이런 것쯤은, 아니 이와 아주 유사한 정도라면 여윈 손을 지닌 숀의 엄마한테서도 느낄 수 있는 거잖아.

제기랄! 그 많은 육체들 중에 내가 왜 이 육체를 취했단 말인가? 이미 내가 원했던 모든 일들을 하고 있는 그런 육체를 골랐어야 했는데.

물론 이승에 와서야 내가 무엇을 원하는지 알긴 했지만, 그래도 내가 인간의 욕망을 잘 몰랐다고는 생각지 않는다. 예상을 했어야 했다.

"화났어?"

내가 소파에 몸을 푹 파묻는 모습을 보며 레인이 물었다.

"아니."

그녀와 입을 맞춘 뒤, 내 입술은 아직도 조금 얼얼한 느낌이었다. 내 입술의 예민한 피부가 특별한 상대의 감촉과 마찰, 그리고 축축함에 익숙하지 않은 게 분명했다.

내 피부는 그 이상을 원했다. 이제는 입술의 피부가, 내 입술 자체가 원하고 있었다.

그리고 이를 원하는 육체의 다른 부분이 있었다. 사실, 욕정의 화신이 바지 지퍼를 세차게 밀어 올렸다. 이것은 기분 나쁘게도 이성적인 사고를 밀어내려 한다는 점에서 분노를 떠올리게 했다. 욕정은 누가 상처를 입건 개의치 않았다. 마치 삐져나온 셔츠를 옭아매려는 바지의 허리띠처럼 자기 의지대로 나를 꽁꽁 묶어두고 싶어 했다.

그래서 나는 욕정의 화신을 무시하려고 무진 애를 썼다. 좋아, 시야를 좀 낮춰 볼까?

굳이 섹스를 하지 않아도 비슷한 결과를 얻을 수가 있다. 옷을 다 벗을 필요도 없다. 완전한 경험은 되지 않겠지만 그래도 서로 성적인 충족은 얻을 수 있다.

"나는 정말로 네 모든 게 좋아. 그러니까 난 그냥······."

레인이 내게 말했다.

그녀는 말을 끝맺지 않았다. 우리는 잠시 침묵 속에 자리를 지켰다. 햇빛이 우리 앞에 있는 창문으로 들어와 나무 바닥 위로 밝게 빛나는 구역을 길게 늘여주고 있었다.

이승에서 보내는 나의 마지막 오후를, 이렇게 레인과 떨어져 앉아 보내다니 이건 아니다 싶었다.

"나는 첫 키스였단 말이야."

레인이 말했다.

나는 그녀를 바라보았다. 그녀의 얼굴은 내가 몹시도 좋아하는 분홍빛을 띠고 있었다.

"나도야."

내가 말했다.

"정말?"

"응."

그녀의 입이 벌어졌다 닫혔다.

"난 좋았어."

키스를 언급하며 내가 이렇게 말했다. 그건 사실이었다. 이토록 마음에 쏙 드는 일이 존재할 수 있다는 사실을 미처 몰랐다. 오감 하나하나가 그녀와 뒤섞이는 듯했는데 실은 아직도 그 생각뿐이었다.

정말 흥미진진한 경험이었다.

레인이 나에게 시선을 던졌다.

"그럼…… 좀 더 해보고 싶어?"

그녀의 뺨에 물든 분홍빛이 붉은 색으로 변하기 시작했다.

"그냥 키스만."

"그냥 키스만?"

정말 너무하군. 섹스가 아니더라도 우리에게는 수많은 선택권이 열려 있었다.

"그렇게 하고 싶어?"

그녀가 고개를 끄덕였다. 갑자기 모세혈관이 팽창하기라도 한 듯 얼굴의 불그스름한 빛깔이 이마 끝까지 퍼졌다.

좋아. 오르가슴의 온전한 절정으로 가는 길을 개척해 보겠다고 애를 쓰느니, 차라리 키스의 무수하며 미묘한 면면이나 탐험해 보자.

이번 휴가에서 뭐 하나 내가 희망하거나 기대한 대로 된 게 있었나.

하긴, 따지고 보면 언제 또 내 맘대로 된 적이 있기는 했나?

창밖을 내다보니 레인의 집 뒤뜰로 보이는 곳에 나무와 잔디가 보였다. 기회와 불완전이라는 무수한 조각들로 만들어진 참으로 황홀한 오후였다. 헤아릴 수 없이 많은 움직임과 에너지가 다 함께 이 물질계를 구성하고 있으니, 헝클어진 잔디 하나하나에서부터 아무렇게나 가지에 매달린 작은 나뭇잎에 이르기까지 찰나의 공간을 이루는 모든 것들이 그러했다.

"내가 바보 같다고 생각하지, 그렇지?"

레인의 목소리가 들렸다.

모두 다 훌륭해. 케첩, 토마토, 그냥 키스, 모두 다.

레인에게로 몸을 돌렸다.

"아니, 전혀. 정말로 기대 되는걸. 그럼 해볼까?"

잠시 뒤 발을 질질 끌며 복도를 내려오는 발자국 소리가 들렸다. 우리는 소파에서 서로를 팔에 감싸 안고 서로에게 다리를 올린 채 누워 있었다.

둘 다 자리에서 벌떡 일어났다.

우리의 감각은 확실히 하나였다. 논리적으로는 불가능하다는 걸 잘 알지만 말하자면, 마음속에서는 그랬다는 얘기다.

"이제 가야겠어."

레인이 블라우스 매무새를 가다듬는 모습을 지켜보며 마지못해 이렇게 말했다.

"벌써?"

"응. 가 봐야 돼."

"일어나셨어요, 할머니."

할머니가 거실로 어기적거리며 들어오자, 레인이 커다란 목소리로 인사했다.

"얘는 숀이에요."

"뭐라구?"

레인의 할머니는 매혹적인 피부의 소유자였다. 매우 부드럽고 가냘프며 축 처진 피부에 얼굴에는 주름이 가득했다. 레이스처럼, 아니면 거미줄처럼.

"숀이라구요!"

고함을 지르다시피 하며 레인이 다시 한 번 나를 소개했다.

"오, 안녕, 존. 만나서 반갑다."

"저도 만나 뵙게 돼서 반가워요."

자리에서 일어서며 이렇게 인사했다.

"그런데 이제 가 봐야 돼요."

"그게 뭔데?"

"안녕히 계시라구요!"

내가 큰 소리로 말했다.

"어, 간다구?"

나는 대답 없이 고개만 끄덕였다. 할머니를 조금 더 가까이에서 보고 싶었지만 상관없었다. 레인의 할머니는 다정하게 고개를 끄덕이고는 텔레비전을 마주하고 있는 소파 쪽으로 걸음을 옮겼다.

레인이 나를 현관까지 바래다 주었는데 현관에 이르자 뭔가 생각나는 게 있는 듯했다.

"맞다. 갈 때 베일리한테 책 좀 갖다 줄래?"

그녀가 말했다.

"나 베일리네 집에 안 가는데."

두 사람에게 주는 이별의 선물. 그녀로 하여금 책을 돌려준 다음, 책을 더 빌리면서 그들이 좋아하는 눈 큰 만화 주인공들을 두고 서로 친밀한 관계를 맺기를.

"그래. 알았어."

그녀가 문을 열었다. 우리는 밖으로 나왔지만 잠시 서로를 바라보며 그대로 서 있었다.

"레인! 리모컨 어디다 뒀나?"

할머니가 레인을 불렀다.

"금방 가요!"

레인이 대답했다. 그런 다음 나에게로 몸을 돌렸다.

"그럼, 와 줘서 고마워, 숀. 즐거웠어."

"나도 즐거웠어."

그녀가 시선을 떨어뜨렸다. 그녀의 속눈썹은 길고도 짙었다.

"레인, 넌 정말 아름다워. 믿어 봐."

내가 그녀에게 말했다.

그 말에 그녀가 다시 고개를 들었다. 그녀는 자신 있는 모습으로 사랑스런 두 눈을 크게 뜨더니 처음으로 그 말에 토를 달지 않았다. 그저 빙긋 웃고는 다시 몸을 돌려 집 안으로 향했고, 가면서도 고개를 돌려 오래도록 나를 바라보았다.

걸어가는 그녀의 모습을 지켜보았다. 걸을 때마다 엉덩이가 흔들리고 허벅지끼리 서로 부딪혔다.

그런데도 자기가 아름답지 않다고 생각하다니!

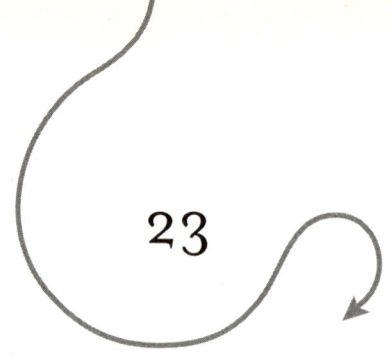

23

손의 집으로 들어갔을 때, 그의 낡은 기타가 가방에 담겨 문 옆에 놓여 있었다.

제이슨은 팔짱을 낀 채 소파에 앉아 있었다.

"어디 갔다 와?"

힐난조였다.

"집까지 걸어왔어."

내가 변명을 했다.

"버스 놓쳤어?"

"어."

텔레비전은 꺼져 있었다. 나를 기다리고 있던 게 분명했다.

맞다, 제이슨. 마무리 짓겠다는 의도도 없이 제이슨에게 무언가를 시작했다. 이제야 조금 갈라지려는 제이슨의 두터운 갑옷은, 내가 이 육체를 떠나고 나면 언제 그랬냐는 듯 다시 단단히 봉해질 게 분명했다. 마치 내가 이곳에 아예 오지도 않았던 것처럼.

"또 베일리네 집에 가고 싶어?"

내가 묻자, 제이슨이 어깨를 으쓱했다.

"그러지 뭐."

"기타 가져가고 싶어?"

제이슨이 시선을 돌려 한쪽에 세워져 있는 기타 가방을 흘깃 쳐다보았다.

"뭐, 그래."

마치 기타가 슌의 방에서 걸어 나와 가방 안으로 뛰어 들어가 저 혼자 문 옆에 서 있기라도 한 것처럼.

제이슨의 갑옷은 천천히 봉해지는 게 아니라, 이 몇 마디에 쾅 하고 바로 닫혀 버리겠지. 너희 형이 죽었어.

"한 가지 조건이 있어. 약속하면 기타를 가져도 좋아."

"무슨 말이야, 가지다니? 그럼, 완전히?"

"그래, 완전히."

제이슨이 눈을 가늘게 떴다.

"원하는 게 뭔데?"

"언제든 카슨에게 가서 말을 하겠다고 약속해."

"누구?"

"커다란 굴뚝 달린 집에 사는, 너하고 사회 수업 같이 듣는 애."

"그 빨간 머리?"

"그래. 걔를 집으로 초대해도 되고. 걔도 '텍토닉 워리어즈' 좋아해."

"그러니까, 지금 당장 걔한테 가서 말하란 말이야?"

"아니. 그냥 앞으로 언제든."

"앞으로 언제?"

"아무 때나 네가 골라. 기타는 당장 가져도 되고, 카슨한테 말하는 건 너한테 달렸어."

"그럼 앰프는?"

"앰프도 가져. 어쨌든…… 약속해."

"좋아. 언제든 그렇게 하겠다고 약속할게."

제이슨이 재빨리 약속했다.

"그럼 이제 공식적으로 기타는 네 거야."

제이슨은 내 협상 조건을 그다지 중요하게 생각하지 않는 듯했다. 첫날 밤 내가 쏜의 티셔츠를 붙들고 있는 모습을 목격했을 때와 똑같은 표정이었다. 하지만 이번에는 내 정신 상태에 대해서는 차마 언급하지 않았다. 결국 제이슨에게는 손해될 게 없는 협상이었으니까.

제이슨이 약속을 지킬 의도가 전혀 없다는 걸 나도 잘 안다. 그렇지만 씨앗은 뿌려진 셈이다. 원래 인간들이란 변덕이 심하니까.

"준비 됐어?"

제이슨이 물었다. 나는 고개를 저었다.

"먼저 가. 난 여기서 할 일이 한 가지 있어. 다 하고 나도 갈게."

"기다릴까?"

"아니. 나도 금방 갈 거야."

제이슨이 현관 밖으로 걸어 나가는 모습을 지켜보았다. 제이슨은 내가 가져 본 유일한 남자 형제다.

손잡이에서 딸각 소리가 났다. 밖에서는 기타 가방이 현관 난간에 탁탁 부딪치는 듯한 소리가 났다. 그러더니 바로 이어서 어렴풋이 "으악!" 하는 소리가 들려왔다.

예기치 않은 돌발사고. 이 우주를 독특하고 매력적으로 만드는 것. 흠이 없이는 깊이도 없고 본질도 없다.

전에는 그 사실을 미처 몰랐다. 어쩌면 신성 모독, 하지만 그래도 나는 그게 사실이라고 느꼈다.

제이슨이 터덜터덜 인도를 걸어갔다. 아마 내가 결코 완벽함을 숭배하고 싶지 않았던 건, 완벽하면 재미가 없기 때문일 거다.

마지막으로 애정 어린 마음으로 거실을 둘러보았다. 정말 마지막으로 꼭 한 가지 처리하고 싶은 일이 있었다.

피너츠.

피너츠는 주방 창턱에 앉아 앞뜰을 내다보고 있었다. 내가 다가가자 고개를 돌려 나를 응시하는데, 눈은 커졌지만 무표정한 모습이었다. 늘 그랬듯 나는 피너츠가 무슨 생각을 하고 있는지 도무지 알 수가 없었다. 혹시 생각이라는 걸 하고 있다면.

숀의 고양이에게 다가가 몸을 숙여 그의 눈을 들여다보았다.

아는 척하는 표시도 없다. 아니면 증오도. 아니면 경멸도.

아침에 그랬듯 집게손가락을 뻗어 보았다.

피너츠는 아까처럼 목을 쭉 뻗어 내 손끝을 킁킁거리며 냄새를 맡았다.

그러더니 손끝에 대고 옆얼굴을 문질렀다.

피너츠의 털은 상상했던 대로 부드러웠다. 딱딱한 작은 광대뼈 밖으로 부드러운 촉감이 느껴졌다. 뭔지 모르지만 내 어루만짐에 반쯤 눈을 감고 좋아하는 그 모습에 나 역시 한 가닥 즐거운 감정이 솟아났다.

나도 모르게 피너츠의 등에 손을 대고는 털이 난 방향대로 척추를 타고 내려가 보았다.

피너츠는 눈을 완전히 감고 활처럼 목을 구부렸다.

그렇게 피너츠를 어루만졌다. 손으로 바로 떨림이 느껴졌다. 연달아 쓰다듬으며 손가락과 손바닥으로 전해오는 떨림을 느끼자, 내 안에서는 눈물겨운 감흥이 일기 시작했다. 욕정과는 거리가 멀었고, 레인이나 다른 인간들에게서 느꼈던 감정과는 사뭇 달랐다. 더 부드럽고 더 포근하며 더 미묘한.

몹시도 신비스러운.

굉장히 기분 좋은.

다시 몸을 똑바로 일으켰을 때, 피너츠는 몸을 돌려 앞뜰을 내다보더니 귀를 쫑긋 세우며 갑자기 예민해졌다.

나는 그의 시선을 좇았다. 도로 건너편 모퉁이에 주차된 이삿짐 트럭이 한 대 보였는데, 숀의 침실 벽처럼 어두운 초록색 트럭 문이 열려 있고, 경사대가 트럭 안으로 이어져 있었다.

트럭 옆 모퉁이에서는 누군가가 일어서서 나를 가만히 바라보고 있었다.

천사였다.

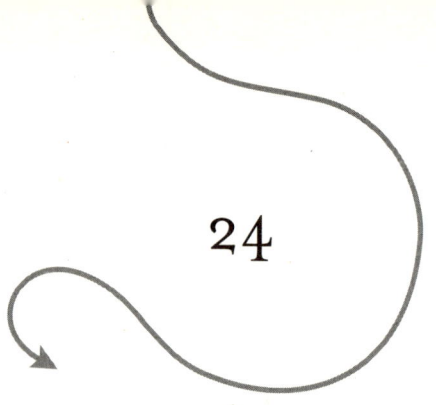

24

어쩌면 두려움으로 오그라들어야 했는지 모른다. 하지만 나는 지나치게 편안했다.

위에서 누군가 드디어 알아챘다.

마지막으로 숀의 집을 나와 현관문을 잠갔다. 인도를 따라 걸어 내려와 길을 건너 매일같이 천사들과 수다를 떨기라도 했던 양, 천사를 향해 곧장 다가갔다.

이봐, 수갑은 챙겨 왔나? 이렇게 말문을 열려다가 그만두었다. 천사들은 농담을 즐기는 부류가 아니다.

대신 그를 위아래로 훑어보며 이렇게 물었다.

"그 몸은 어디서 난 거야?"

"내가 직접 만들었어."

듣기 좋은 굵은 목소리에 유쾌하면서도 약간 두려운 듯한 목소리로 천사가 대답했다.

그가 직접 이 육체를 만든 건 확실하다. 당연히 훔칠 리는 없을 테고, 더군다나 이런 종류의 육체라면. 게다가 천사들은 인간을 통과하는 법을 모른다.

육체에는 결점이 존재한다. 그런데 이 육체는 눈에 확 띈다. 지나치게 아름다웠다. 빛나는 머리칼은 단지 햇빛을 반사해서가 아니라 머리칼 자체에서 빛이 났다. 신비스런 옅은 무지갯빛 피부는 호흡을 하고 심장의 고동에 맞춰 혈액이 뿜어져 나올 때마다 빛깔이 조금씩 바뀌었다. 두 눈은 안쪽에 불꽃을 밝힌 듯, 거짓말이 아니라, 찬란하게 빛을 뿜었다.

얼굴은 평온함 그 자체였다.

이 천사의 육체적 형상은 내가 육신의 눈으로 본 중에서 가장 우아한 모습이었다. 신체 기관도 모두 제 기능을 다하고 있었다.

물론 레인과는 비교도 되지 않았다. 베일리와도. 제이슨과도. 심지어 피너츠와도.

"기분 나빠 하지는 말고…… 당신은 어떤 천사지?"

내가 말했다.

아니오스는 아무리 이승의 옷을 입고 있어도 고약한 성질 때문에 알아채기가 쉬웠다. 하지만 도대체, 천사들은 언제나 한결같으니 원.

"하나엘."

"아, 맞다. 미안."

그는 가만히 서서 반짝이는 눈으로 나를 물끄러미 쳐다볼 뿐이다.

"내 마음을 읽는 거야?"

내가 물었다.

"아니."

"그런데 왜 그렇게 서서 뚫어져라 쳐다보는데?"

"물질계의 시각을 즐기는 중이야."

그래, 나도 그 기분 잘 알지.

이런 만남이 닥치면 어떻게 될까 줄곧 불안했는데, 당장 끔찍한 징계를 내리거나 할 것 같지는 않았다. 얘네들이 분노로 가득해서 본격적으로 '나는 주님의 전령이다.' 라는 식으로 나오면 절로 무릎을 꿇는 수밖에 도리가 없다.

그런데 나는 상당히 편안히 서 있었다. 정말 다행이다.

게다가 이제 나는 그렇게 정신없이 끌려갈 만큼 특별히 급할 까닭도 없었다.

"잠깐 앉아서 얘기나 좀 할까?"

나는 천사들을 만날 일이 많지가 않다. 가능하다면, 그의 의중을 조금 더 떠봐서 누가 그를 보냈는지 알아내고 싶었다. 아니오스와 딜리, 하나엘은 결코 스스로 올 리가 없다.

"이곳에서 너의 시간이 다했다는 거 알지? 너의 계로 돌아가야만 하는 거 잘 알잖아."

"알아. 그렇지만…… 그냥 앉아서 잠깐만 같이 있자, 안 돼?"

하나엘이 고개를 돌려 사방을 둘러보았다.

"눈부시게 아름다운 창조물이야, 안 그래?"

"아름답지. 아주…… 다양하달까. 여기 있는 동안 즐거웠어. 대부분."

나는 잔디밭에서 나와 갓돌 위에 앉았다.

하나엘이 나를 내려다보았다. 생각을 하는 중인 듯싶었다.

그러더니 내 옆에 앉았다.

우리는 잠시 다정한 침묵 속에 앉아 있었다. 잠시 뒤 얼굴을 해 쪽으로 치켜들며 하나엘이 물었다.

"피부 위로 느껴지는 기분 좋은 이 느낌은 뭐지? 바람인가?"

"어, 그래. 맞아, 바람이야. 아니 정확히 말하면 산들바람이지. 이봐, 하나엘."

더 이상 참지 못하고 내가 물었다.

"그분이 나한테 화났어?"

한 타락천사의 마음에서 끝없이 희망이 솟구친다.

"나는 너와 창조주 사이의 매개자가 아니야."

"그냥 물어보는 거야."

"그런 질문에 답하는 건 내 임무와 상관이 없어."

"내 벌이 그거지, 안 그래? 나는 타락천사니까 내가 갈망하는 건 하나도, 어떤 대답도 얻을 수 없는 거. 하지만 너, 하나엘, 너는 모든 답을 알잖아, 대답을 구한 적도 원한 적도 없지만. 그건 정말 옳지 않은 것 같아."

"창조주한테는 모든 게 옳아."

"그래, 맞아, 너는 그렇게 생각하겠지. 너는 창조주의 귀염둥이고 나는 구석탱이에서 바보 모자*나 쓰는 애니까."

"키리엘, 나는 네가 네 것이 아닌 인생에 끼어들었기 때문에 여기에 온 거야."

"그래 봤자 더는 필요 없는 손의 육체를 취했을 뿐이야."

"그가 육체를 떠나기 전에 취했잖아."

"기껏해야 몇 초밖에 안 돼."

"그 몇 초도 네 것은 아니야."

"결국 고통만 있을 텐데 뭐."

"그래도 그 시간은 그의 것이야. 너의 것이 아니야. 너는 남의 자리에 끼어들었어."

"맞아, 그런다고 네가 어쩔 건데? 완전히 시간을 되돌릴 수는 없잖아, 안 그래?"

"손이 다시 자신의 육체를 되찾을 거야. 잃었던 마지막 순간을

---

*학교에서 공부를 못 하거나 게으른 학생에게 벌로 씌우던 원추형 종이 모자

되찾게 될 거야. 거기에 조금 더 붙여서. 네가 그의 궤도를 방해해 버렸잖아. 이제 그 자신만의 궤도를 다시 짓는 데 조금 더 시간이 필요해."

"그러니까 숀이 자기가 떠났던 그 시점으로 다시 들어간다는 말이야?"

"너는 네가 취했던 것과 똑같은 방법으로 숀의 육체에서 나가야 돼."

"그럼 지금 나더러 트럭 앞으로 걸어 들어가라는 말이야?"

"그런 셈이지."

하나엘이 고개를 끄덕였다. 그러고는 미소를 머금었다. 아름다운 햇빛과 같은 미소.

"쉽지는 않겠지."

그도 인정했지만 내가 보기에 난처해하는 기색은 없었다.

"원래 숀을 치기로 했던 그 남자가 치지 못했기 때문에 그의 궤적 역시 다시 만들어져야만 해. 그리고 오늘 그를 칠 여자는, 그래, 넌 여러 가지로 흥미진진하고 또…… 예기치 못한 일들을 만들어냈어."

"하지만 숀은……."

"숀은 잠시 잠이 들 테고, 잠에서 깨어나면 너에 대한 기억들은 모두 사라질 거야."

"그럼, 숀을 혼수상태에 빠뜨리겠다는 말이야?"

나는 잠시 그 문제를 곰곰이 생각해 보았다. 솔직히 앞으로 내가 일을 벌이는 동안 깨어 있느니 차라리 그 편이 나을 듯도 싶다.

트럭에 짓밟혀 납작해진 육체로 돌아온다는 게 정확히 무엇을 뜻하는지 생각해 보았다. 하나엘에게 간절히 부탁했다.

"제발 숀이 다시 자기 육체를 온전히 쓸 수 있게 해 줬으면 좋겠어. 정말 잘못한 거야…… 내가 그 육체를 빌린 건. 그래도 다치지 않게 하려고 조심했는데, 어쨌든 노력은 했어, 이해할지 모르겠지만 얼굴에 한 방 맞은 건 그냥 사소한 충돌이었고, 그런데 지금 그 몸을 넌 완전히 부숴 버리려고 하는 거잖아."

하나엘은 재미있어하는 듯 보였다.

"알았어, 알겠다구. 대답도 없고, 힌트도 없다. 늘 그렇잖아. 이봐. 나 좀 그렇게 쳐다보지 마."

"난 너를 쳐다보는 게 좋아, 키리엘. 너는 매우 재미있고 흥미진진한 창조물이야. 의외의 깊이와 예기치 못한 굴곡과 사정으로 가득하잖아."

"나한테 그 말을 쓰는 게 벌써 두 번째네. 예기치 못하다. 그런데 넌 좋은 뜻으로 말하는 것 같은데."

하나엘이 다시 빙그레 웃었다.

"좋은 말이야."

"나야 그 말이 좋지만, 네가 그렇게 말하다니 놀라운데."

하나엘은 왈가왈부하지 않았다. 당연히 그렇지, 그는 완벽하잖아. 대신 이렇게 말했다.

"너와는 달리 숀은 단 한 번도 자신의 존재에 대해 감사해 본 적이 없었어. 늘 당연하게 여겨왔던 사소한 것들을 얻기 위해 애를 쓰게 하면 숀이 더 감사한 마음을 갖게 만들 수도 있어, 안 그래?"

"그럴지도 모르지. 그런데…… 있잖아. 그 애를 너무 몰아붙이지는 마. 내가 부탁하는 건 그게 다야. 숀한테 엄격하게 굴지는 말아 줘."

"빌고 있는 거야, 키리엘?"

"아니, 부탁하는 거야."

"나는 네가 부탁해야 할 상대가 아니야."

내가 한숨을 내쉬었다.

"그분은 내 말을 듣는지 마는지도 모르는데 뭐."

"알잖아, 듣고 계시다는 거."

"글쎄, 한 번도 대답이 없으시잖아."

"그런데 키리엘, 대답을 다 얻으면, 원하는 답을 다 얻고 나면 네가 할 일이 뭐가 남겠어?"

"건방지게 굴지는 마, 하나엘. 카피쉬?"

하나엘은 아무런 대꾸도 하지 않았지만(당연히 없겠지.) 얼굴에는 살며시 미소가 번졌다.

"너 너무 자주 웃는다. 그런 식으로 나 좀 그만 보지."

"원한다면. 그럼 이제 갈 준비를 해볼까?"

"그러지 뭐."

나는 손의 카키 바지 궁둥이를 털며 자리에서 일어섰다. 도로를 위아래로 살폈다. 아직 차는 없었다.

"난 정말 여기가 좋았어."

내가 인정했다.

"차라리, 차라리, 오, 제기랄. 내가 여기에 오지 않았다면 어땠을까."

"정말 그렇게 생각해, 키리엘?"

"뭐, 그래. 네 말대로 손은 모를 거야. 그건 신경 안 써. 그런데 사람들이 있었어, 그냥 내가 조금 상관을 하고 싶었던. 일종의 흔적을 남겼지, 사람들이 하는 것처럼 말이야. 그게 다야."

"그랬을지도 모르지."

하나엘이 자세히 설명해 주기를 기다렸지만, 물론 그는 그렇게 하지 않았다. 천사들에게 무엇을 얻어내기란 하늘의 별따기나 마찬가지다.

"어떻게?"

"너는 그 문제를 좀 더 차근히 생각해야 할지도 몰라."

"제이슨을 말하는 거야?"

하지만 하나엘은 대답이 없었다.

"아니면 손?"

문득 깨닫는 바가 있었다.

"내가 일을 저지른 덕분에 손은 두 번째 기회를 얻게 될 거야. 그리고 그를 걱정하는 사람들도, 사실, 손은 정말 운이 좋아, 안 그래? 손은 그렇게 생각하지 않겠지만, 트럭에 치이고 하는데 운이 좋다는 생각이 들겠어? 자기가 곧 죽게 될 거라는 것도 모르겠지. 아마 그냥 자기 인생이 무슨 꼴인가 싶겠지."

말을 해 놓고 보니 여기서 보내는 나의 마지막 순간 역시 무슨 꼴인가 싶다.

"이거 정말 아프겠지."

트럭이 나타날 도로를 주시하며 내가 말했다.

"그래."

"심하게 아플 거야."

"그래."

"그래도 불평할 순 없겠지. 고통도 이 존재의 일부니까."

"그래."

두 블록 떨어진 곳에서 트럭 한 대가 모퉁이를 돌아 시야에 들어왔다. 보기만 해도 지나치게 속력을 내서 차가 좌우로 흔들렸다.

"이봐."

여전히 트럭을 지켜보며 내가 말했다.

"하나엘. 물어볼 게 있어. 그분이 너를 보냈어?"

"여기에 오는 게 내 임무의 일부분이었어."

"하지만 그분이 직접 너를 보냈어? 그분이 직접 너더러 가라고 했냐구? 그분이 너한테 가서 나를 상대하라고 했어?"

하나엘은 전혀 당황스러운 기색이 없었다. 그건 그 무엇도 천사들을 당황시키지 않기 때문이다. 그들은 모든 답을 알고 있다.

"여기에 오는 게 내 임무의 일부분이었고, 그래서 내가 여기에 있는 거야."

그 말이 모든 것을 설명해 주기라도 하는 듯 하나엘이 되풀이해서 말했다.

"그래, 그래, 나도 알아."

천사들은 시계 같다. 시곗바늘이 미처 숫자에 닿기도 전에 언제 종을 울려야 할지 정확히 알고 있다.

나는 그렇지 못하다.

새로운 생각이 뭉글뭉글 피어오르기 시작했다. 돌아가면 시도해 봐야겠다고 생각했다.

내가 관할하는 몇몇 영혼들에게 슬쩍 눈치를 줘 보면 어떨까? 이를 테면 귀에다 대고 속삭이는 거지, 원한다면 스스로 짧은 휴가를 얻을 수도 있다고 말이야. 아주 최근에 육체적 존재를 떠난 영혼이라면 사랑했던 이에게 위로가 되는 방문을 기꺼이 원할 테고. 오래 전에 지상을 떠났던 영혼들은 그들이 한때 발을 디뎠던

곳으로 떠나는 짧은 여행을 즐길지 모르잖아. 특별히 기진맥진한 영혼은 어쩌면 잠시 고통을 뒤로 하고 무존재 상태로 평화로이 둥둥 떠다니는 걸 더 좋아할는지도 모르지.

엄밀히 말하면 그들은 모두 몇 가지 규칙을 어기는 셈이지만 그렇다고 최악의 경우에 그들에게 생길 벌이 뭐가 또 있겠어? 지옥으로 보내 버려? 하, 하, 하!

영혼들은 상당히 고집이 세다. 하지만 우리가 나누고 있는 고통에서 벗어나 영혼과 나 둘 모두에게 아주 작은 휴가를 주면, 그건 정말 효과 만점일걸!

그렇게 하면 창조주도 무시하긴 힘들 거야.

나는 하나엘의 빛나면서도 순종적인 표정을 옆으로 흘긋 보았고, 나로서는 도저히 천사가 되기란 불가능하다는 사실을 다시 한 번 깨달았다.

이 우주에서 내 자리는 어쩌면 남들이 탐내는 그런 자리는 아닐지도 모른다.

하지만 그것이 나의 자리다.

트럭이 부르릉거리며 언덕을 따라 우리를 향해 질주했다. 약속에 늦은 게 분명했다. 지나치게 빠르게 달리고 있었다. 제한 속도를 한참 넘어서.

"여기에 정지 표지판이라도 하나 세워야겠는데."

딱히 누구에게라고 할 것도 없이 내가 말했다.

공포. 소름이 끼치도록 섬뜩했지만 내가 경험할 수 있는 마지막 신체적 감각이니 오히려 즐겁다. 안쪽 깊숙이 떨림이 시작되어 두 팔과 두 손, 턱까지 타고 올라왔다. 마침내 위장까지 조여왔다.

나는 정말로 떨고 있다! 내가 공포로 떨고 있다!

"그럼 다른 데 가서 만나자구, 짜샤!"

하나엘에게 이렇게 말하고 찻길로 내려서며 나도 모르게 씩 미소를 날렸다.

: 옮긴이의 말

순진한 타락천사의 유쾌한 이승 모험담

어느 날 갑자기 우리 집에 타락천사가 찾아온다면?

한때는 천사였으나 보스를 따라 반란에 가담했다가 지옥에서 고통받는 영혼들의 거울이 되어 영겁의 세월을 보내고 있는 타락천사 키리엘. 이 작품은 자신의 임무에 싫증 난 악마가 지옥을 무단이탈한 뒤 청소년의 몸을 빌려 벌이는 사흘간의 유쾌한 이승 모험담이다.

책을 읽다 보면 처음부터 커다란 감동을 주는 작품이 있는가 하면, 두고두고 곱씹어 읽을수록 읽는 재미를 느끼며 생각할 거리를 주는 작품이 있다. 나에게 이 작품은 바로 후자에 해당하는 작품이다.

겉으로 보이는 이 작품의 가장 큰 주제는 물론, 종교적이며 영적인 문제일 것이다. 키리엘은 천사와 타락천사의 차이를 이렇게 말한다. 천사는 완벽한 존재로 성실하고 충성스러우며 순종적이지만, 타락천사는 불신과 의문, 대립과 요구가 많은 존재다. 스스로를 타락천사라고 불리기를 원하는 키리엘은 결국 크게 보면 우리 인간을 대변하는 존재다. 키리엘처럼 인간도 끊임없이 신에게 해답을 구하지만, 과연 신이 귀를 기울이거나 하는지 항상 의심하며, 해답을 얻지 못한다고 불평하면서도 신에게 인정받고 싶어한다. 굳이 종교적인 의미가 아니더라도 인간과 인간, 부모와 자식, 친구와 친구 사이에도 마음속으로는 모두 서로에게 천사이기를 바라지만 현실은 언제나 불신과 의문, 대립과 요구가 가득하다. 하지만 아픔과 고통이 있을지라도 진정한 관계는 그러한 갈등과 고민 위에 만들어지는 게 아닐까. 도저히 천사가 될 수 없는 타락천사 키리엘이 더욱 친근하게 다가오는 것도 바로 그 때문일 것이다.

겉으로 드러나는 주제가 종교적인 문제라면, 이 작품을 독특하면서도 흥미롭게 만드는 진짜 이유는 따로 있다. 십 대 청소년인 숀의 몸을 무단으로 빌린 키리엘은 사춘기 청소년들의 호기심을 대변한다. 십 대 독자라면 무엇보다 키리엘이 꿈꿔 왔던 육체적 경험에 대한 호기심에 자연히 관심이 끌릴 것이다. 첫 키스와 연애는 물론 자위와 섹스 등 십 대의 주된 성적 관심사들이 키리엘의 입을 통해 직설적으로 표현된다. 하지만 모든 것을 알고 있는 듯하면서도 실상 제대로 아는 것은 하나도 없는 서투른 악마 키리엘의 계획은 사사건건 엇나가고 그때마다 절로 키득키득 웃음이 터진다. 남학생 독자라면 키리엘의 생각에 공감하는 한편 키리엘이 좋아하는 레인을 통해 여학생들의 속마음을 살짝 엿보는 재미가 있을 테고, 여학생 독자라면 남학생들은 이런 생각을 하는구나 싶어 빙그레 웃음을 머금게 될 것이다.

얼핏 보면, 타락천사 키리엘은 가볍고 진중하지 못한 존재처럼 보인다. 하지만 사람보다 더 사람같이 행동하고 사람보다 더 사람 같은 마음을 지닌 키리엘을 보며 인간과 인간됨에 대해 다시 한 번 생각하게 된다. 마지막 키리엘의 말처럼 이 우주상에서 내 자리가 남들이 탐내는 그런 자리는 아닐지라도, 그것이 내 자리라는 것을, 소중하고 온전한 내 자리라는 것을 잊지 말자.

키리엘과 같은 타락천사라면 언제든 대환영이다.

2009년 6월 **천미나**

내 안의 타락천사

펴낸날 | 초판 1쇄 2009년 7월 30일
　　　　초판 2쇄 2011년 1월 20일

지은이 | A. M. 젠킨스
옮긴이 | 천미나
펴낸이 | 정현문
편집 | 양덕모
디자인 | Design Esther

펴낸곳 | 책과콩나무
출판등록 | 2007년 7월 23일 제313-2007-000153호
주소 | 서울시 마포구 서교동 391-17 명광빌딩 5층
전화 | 02-6326-4772
팩스 | 02-6326-4771
이메일 | booknbean@naver.com
블로그 | http://blog.naver.com/booknbean

ISBN 978-89-961001-9-5 43840
값 11,000원

이 도서의 국립중앙도서관 출판시도서목록(CIP)은 e-CIP 홈페이지
(http://www.nl.go.kr/cip.php)에서 이용하실 수 있습니다.
(CIP제어번호 : CIP2009001942)

＊잘못된 책은 구입한 곳에서 바꾸어 드립니다.
＊이 책 내용의 전부 또는 일부를 재사용하려면 반드시 저작권자와
책과콩나무 양측의 동의를 받아야 합니다.